徳間文庫

ダブル・トラップ

大沢在昌

徳間書店

目次

第一部　訪れる者　5
第二部　逐《お》われる者　107
第三部　失わざる者　268
大沢在昌　著作リスト　381

第一部　訪れる者

1

駐車場に車をのりいれると、係のタカ坊がいつものようにキャップをふって挨拶をした。

「おはよう、ボス」

「おはよう」

返事をして、手をふりロックをせずに車を降りた。

メルセデス・四・五ＳＬ。

たとえ同色同種の車が駐車場から出ていっても、タカ坊は、それが誰の車か見わけることができる。

開ける前の店の中は、まだ真新しく、ピカピカと輝いていた。澄んだ、冷んやりとした空気で満ちている。

自動ドアをくぐった時、一瞬店内の暗さにとまどった。今では、どんな曲がかかっても、まったく気にならない、ピアノ・ソロのB・G・Mが流れている。

「おはようございます」

チーフ・マネージャーの滝がオフィスで私を迎えた。

「おはよう。きのうはどうだった?」

滝はにやりと笑った。

「皆さん楽しまれました。割れたグラスはどういたしましょう」

「いくつぐらい?」

「ショット・グラスが二つに、カクテル・グラスが三つです。ショット・グラスはボヘミアンですが……」

「サービスしておこう」

私は答えた。

「いずれ、彼らがまた東京からやってくるときに、グラス代ぐらいおとしていくさ」

「かしこまりました」

滝は頭を下げて、オフィスを立ち去った。

滝は四十歳で、早稲田の理工出身である。しかし、彼はコンピューターよりも、夜のレストラン・クラブを好んだ。三十二歳まで銀座で勤め、その後、生まれ故郷のこの街で、小さなスナックをやっていたのを、私が見つけ、三年前に開店させた、「プリオール」のチーフ・マネージャーにした。

なぜだかは知らないが、土地のやくざは彼に一目おいている。したがって、「プリオール」が市でも最高級のレストラン・クラブになった現在まで、彼らは指一本触れてこない。

無論、彼の給料は店では、私の次、シェフの有海とならんで高い。

私が四年前に、この街に現われ、落ち着いた雰囲気のレストランを始めたいので協力してほしいと頼んだとき、滝も有海も難色を示した。

理由は簡単だった。

私が店の概要を話したとき、彼らは私の年齢と、そして決してわかることのない資本の出所に不安を感じたのだ。

私はその年、三十四だった。遺産をのこしてくれた親がいるわけでも、私の手腕を見込んだ財界のパトロンがいるわけでもなかった。

「プリオール」は土地代から内装まで、あわせて、億単位の金がかかった。その市には、いままでなかったタイプの店であり、しかも私は雰囲気の高級さで、料理の粗悪さをごまかすつもりでもなかった。

彼ら二人は、私が「プリオール」を開店するまで、大変な冒険に荷担したと思っていた。

今は、思っていない。

オフィスのドアが開き、夕方《バー・タイム》までのキャッシャーをつとめる真由美がはいってきた。

「おはようございます、社長。きのうは大変なさわぎだったそうですね」

私は目で問うた。

「バーテンのジュンちゃん」

そういって、真由美はウインクした。初めて彼女を見る者はその容姿にとまどう。ほっそりとしていて背が高く、色白の顔はおどろくほど彫りがふかくて表情が豊かである。

「プリオール」を訪れる外国人の客が、彼女に母国語ではなしかけたことは一度ではない。そんなとき、彼女は肩をすくめあやまる。自分が、その国の言葉をしゃべることができぬ意を、彼女は英語、フランス語、ドイツ語、イタリア語、スペイン語で相手に伝える。

それ以外の外国語はいっさいしゃべらない。彼女は純粋の日本人である。

「東京のテレビ屋さんたちだ。健次君に教えられて、きたらしい」

「あの子、がんばっていますね」

真由美は目をかがやかせた。竹田健次は、開店したてから一年、「プリオール」のウェイターをしていた。ウェイターは、食べてゆけないモデル業を補うアルバイトだったが、中央からきていた人間の目にとまり、来年の正月映画の準主役に、現在きまっている。

「君もいくか？」

私はいたずらっぽく訊《たず》ねた。真由美は即座に首をふった。彼女の年齢を正確には知らないが、二十一か二だ。今まで、幾度も芸能界にスカウトされた経験をもっている。

しかし、彼女はいかない。この街と、「プリオール」が好きなのだ。

私のことを愛しているのではない。真由美には彼女をモデルにして絵を描きつづけている、画家の卵がいる。二人はいっしょに暮らしている。

「郵便です」

真由美は抱えていた、封筒の束をさしだした。彼女は午前十一時から三十分間、私の秘書もつとめる。

「ありがとう」

　束を分類した。ドアが開き、ウェイターの一人が、コーヒーのカップがのったトレイをもってきた。

「ああ、そうだ。昼休みに、タカ坊に私の車にガソリンをいれてきてくれるよう、頼んでくれないか」

「わかりました」

　すばやく、私のコーヒーに適量の砂糖とミルクをいれた真由美が答えた。彼女の、私のコーヒーを作りたがる、この習慣だけには私は内心閉口している。

「タカ坊よろこぶわ。社長の車に夢中だから……」

　私がコーヒーを口に運ぶと、彼女は続けた。

「社長は、お休みはいかがなさるんですか」

　八月の十四・十五日。明日からの二日間、「プリオール」も休みになる。従業員は既《すで》に七月にも二日間の特別休暇をとっている。これらは、ローテーションで組まれ、店そのものは休業していない。

「わからない。多分、家でレコードでもきくことになるだろう。この時期はどこもかしこもこむからね。君はどうする」

「彼と二人でスケッチ旅行にいこうと思っているんです。彼が友達の車を借りるっていってますし……」

「そいつはいい」

「よろしかったら社長もいかがですか。どなたか誘われて……」

最後の言葉はいい淀《よど》んだかたちになった。美里のことを思いだしたのだ。

私はほほえんだ。

「ありがとう。今夕までに、もし相手が見つかれば……。それと、もし私が行けなくともよければ、木曾をつかってくれていいよ」

真由美の顔がよろこびで満ちた。私は木曾に山小屋風の家を一軒もっている。

「本当ですか！　わあ、うれしい」

私はデスクにしまっておいた、木曾の小屋の予備の鍵をとりだして、彼女に渡した。

「場所は知ってるだろ」

彼女は頷《うなず》き、いった。

「あの、もしよろしければ私の短大の友達をさそっても……」

私は笑い、断わった。

「ありがとう。しかし結構だ。君らにかかれば、僕はおじさんだ」

真由美はけんめいに首をふった。

「とーんでもない。私の友達みんな、社長の大ファンです。もし私がひとことといえば、みんな奪いあいの殺しあいになるわ」

「そうなると、よけい楽しむわけにはいかない」

私がいうと真由美は小さく頷いた。私は再びコーヒーを口に運び、封筒の分類に戻った。

「あ、それからこれ、まちがいだと思うんですが……」

真由美がコットンのスカートのポケットから茶色の角封筒をとりだした。大きさはエアメイル用のものと同じだ。

「番地はあうんですけれど」

宛名が「松宮貿易様」となっている。私はその封筒を見つめた。社名いりだ。

「板倉電子株式会社」と印刷されていて、差出人の個人名は記されていない。投函地は四国だった。

「この辺には松宮貿易なんて会社はないんです」

「そうだな」

私はこたえたが、真由美に私の感情の変化を悟られたのではないかと、冷やりとした。

「一応あずかっておこう。もし心あたりがなければ、後でもう一度、ポストに戻しておく」

「はい。どうやら中味はカセット・テープのようです」

「そう」

「あらそうだ。カセット・テープといえば、キャフェテラス用のカセット・テープ、ニューヨークから届いてます」

「そうか、じゃあ至急、手数料送るようにいってくれ」

「はい。承知しました。お代わりは？」

「いや、いらない」

真由美は私の空《から》のコーヒー・カップをもって、オフィスを出た。

「プリオール」は月に二回、ニューヨークに住む音楽評論家に依頼して、最新盤のミュージック・テープを送らせ、キャフェテラスで流している。若い客達には、評判がいい。

カセット・テープ。

私は封筒をもう一度、見つめた。「板倉電子株式会社」には、まったく心あたりがない。しかし、「松宮貿易」にはあった。ありすぎるほど、あった。

「社長？」

一度出ていった真由美が再び、ドアから顔をのぞかせた。

「あの、明日の旅行、本当にぜひいらしてください。私達、社長お一人でも、ちっともかまいませんから」

「ありがとう」

私は返事をして、真由美が立ち去るのを確認すると封筒にナイフをいれた。

中味はマイクロ・カセット・テープが一本、それだけだった。インデックスもなにも記されていない。

デスクの一番深いひきだしにおさめてある、簡単なメッセージ用のカセット・レコーダーを出した。普通タイプと二台、おいてあるのだ。

イヤフォーンをつけ耳にさしこむと、テープを装置した。

空音が続き、やがて声が出た。

「加賀……」

男の声が私の名を呼び、しばらくとぎれた。本来の調子ではなく、低く囁《ささや》くようなしゃべり方だった。私はヴォリュームを上げた。

「加賀、私だ。実は、たい、大変、困っている。できれば、君をわずらわしたくはない。多分、十年は、君と会わないだろうと思っていた。しかし、今は……今は、君しかいない。頼む。助けてほしい」

名乗らなくとも、声の主が誰であるかわかった。

「私は監視されていて、これを出すのがやっとだ。東京に連絡はとれない。とれば、助かるかもしれないが、君も知っているように、僕も二度と、二度と戻りたくない。助けを求めれば、戻らねばならない」

愚かな奴。そう思った。しかし、彼が恐れる理由もわかった。このテープを送ってきた男、牧野と私は、かつて同じ仕事をした。

そして、今は二人とも別れ別れで二度とその仕事に戻る気はない。問題は、私達の意志に関わりなく、元の雇い主は今でも私達を使いたがる点だ。

「……大変、危険なのだ。だから、もし君が来たくなければ、東京に連絡し、ゆだねてほしい。それでも、助かる、ことはできる」

よほどせっぱ詰まっているのだ。さもなければ東京に救いを求めることなど思いもよらない。

私は彼が結婚したのは知っている。結婚したのなら、なおさら前の仕事には戻りたくない筈《はず》だ。

私も、妻を失っても戻らなかった。

「いや、あるいは東京でも、私を助けられないかもしれない。私は、今は、この封筒の会社の社長だ。もちろん、目立ってはいない。だが、私は、捲《ま》きこまれた。彼らは、今では、私の前の仕事に気づいているかもしれない。抵・抗・したから……」

背すじが冷えた。オフィスにも流れこんでいるピアノ・ソロがもう片方の耳から遠のいた。

「私の会社は四国にあり、自宅もそうだ。こられたら、来てほしい。頼む。住所と電話番号は……」

愚かな奴。もう一度、そう思いながらも私はメモをひきよせた。しかしイヤフォーンから、声はつづかなかった。やがて、レコード・スイッチの切れる音と共に空音も消えた。

私はペンを投げた。

牧野は、私より四歳年長で、四十二になる筈だ。決して、本当の意味では、愚かではない。頑健で、頭も切れる。

私が彼のことを愚かと思ったのは、多分、いつかこういう事態が訪れることを予測していたからだろう。

そう思い、憂鬱《ゆううつ》になった。

まったくちがう道を歩んでいるいま、私が彼の苦境を救ってやるべき理由はどこにもないのだ。どんな災厄が牧野を襲ったのか、それすらわからない。

私は電話機をひきよせ、封筒に記された「板倉電子株式会社」の電話番号を押した。

二度の呼び出し音を待たず、先方がこたえた。

「おはようございます。板倉電子でございます」

若い女性の声に、いった。

「社長をお願いしたいのですが」

「しばらくお待ち下さい」

回線がきりかわり、おちついた男の声がでた。

「社長室です」

「社長をお願いしたいのですが」

「失礼ですが……」

「加賀と申します」

「申しわけございません。社長はただいま、海外出張中です」

「いつごろお帰りですか」

「それはちょっと申しあげかねるのですが」

私は相手に聞こえぬよう吐息をもらした。

「御自宅の電話番号をうかがいたいのですが……」

「申しわけございません。それもお教えするわけにはゆきませんので」

男の声は、あくまでも丁重でおちついていた。

私は手数をわびると、電話を切った。

封筒の消印は、八月十日になっている。とりあつかったのは、「板倉電子株式会社」の所在地と同じ町名の郵便局である。

少なくとも電話での応対に関する限り、異状は感じられない。だが、牧野の切迫した口調は本物であった。

彼が、どのようにして私の店をつきとめたのかは知らない。しかし、「プリオール」を知り、そこに私がいるのを承知で「松宮貿易」の宛名をつかったのだ。そうすれば、必ず私が開封するのを知っているからだ。

そうせずにはいられないのである。「松宮貿易」は、かつて私と牧野がつとめていた組織である。そしていままでは、二度と戻りたくない場所でもある。つとめていた――そんな生やさしい表現では、許されぬところだ。所属していたといったほうが正しい。そこは、所属する者に対して絶対の服従を要求した。「松宮貿易」などという名は、単なる符号にすぎない。

インタホンが呼び出しをかけた。

「社長、社長にお会いになりたいという方がお見えです」

滝の声がいった。

「どなた？」

「直接、お会いになって話されるそうです」

「お通しして下さい」

暴力団、警察、いずれでもない。もしどちらかならば、滝が私達の間でのみ通ずる暗号でそれを知らせる。

私は、封筒とテープをデスクにしまい、待った。

ノックの音に応えると、滝が二人の男をオフィスに案内してきた。

スーツをきちんと着た、地味な雰囲気の男達であった。三十～四十歳ならば、いくつといっても怪しまれることはないだろう。

髪をきちんとなでつけ、安物ではないサマー・スーツをきている。先にはいってきた男の方がいくつか年上のようであった。メタル・フレームの眼鏡をかけている。四十歳ぎりぎりと私は見た。

滝がすばやく私と視線をかわすと、ドアの向こうに消えた。来客用のソファからは見えぬ位置、デスクの内側に、呼び出しブザーのボタンがついている。オフィス内でトラブルが発生した場合を想定しての処置だった。

開店以来、一度も使われたことはない。

椅子を勧めたが、二人の男はすわらなかった。あとからはいった男がドアの近くに、そちらに背をむけるようにして立ち、眼鏡の男がすわっている私に近づいた。

「加賀哲さんですな」

「そうですが、あなた方は？」

「失礼しました」

男は、背広の内側から身分証をとりだした。

「内閣」と「公安」という四文字が見えた。

「政府の調査官です。牧野辰男氏を御存知でしょうか」

「牧野さん？」

彼らの身分証を見た時、相手に対する返答はきまっていた。

「いえ。心あたりのない名です」

「御存知ない？」

「ええ」

「四国の板倉電子という会社は」

「知りませんな」

「加賀さんは、いつ頃からこのお店をお始めですか」

「三年前です」

「それ以前は、どちらに」

「それが何か？」

「お答えいただきたいですな」

眼鏡の男は、無表情でいった。

「東京におりましたが」

「東京のどちらに」

「住まいですか？　それとも勤め先？」

「お勤め先です」

私は相手の目を見すえた。彼の見せた身分証につづき、相手の正体を見きわめるチャンスだった。

「松宮貿易という会社です」

「牧野氏もその会社におつとめだったとうかがいましたが」

「さあ、知りませんね」

「お手数をおかけしました」

男は踵《きびす》をかえした。

二人の男が出てゆくのを、私は黙って見送った。彼らが去るのを見はからって、滝がオフィスに現われた。

「何者ですか」

ドアを閉じて、滝はたずねた。

「わからない。政府の人間だといっていた」

滝はタキシードのボタンにゆっくり触れた。オール・バックにきちんとなでつけた髪が光った。

「あとからここにはいった方の男は、拳銃をもっていました」

私は彼を見つめた。

「どうして」

「夏の背広は薄いですからね。私のわきをすりぬけたときに、形がうかびあがったんです」

「そうか」

私は滝にだけは、話そうかと思った。

牧野から私に届いた、救助を求めるテープのことを。

だが話せば、私と牧野とのつながり――そして私が過去いた社会のことも話さねばならない。今まで、話さずにきたのだ。できれば滝にも知らせたくはなかった。

愚かな人間ではない限り、私の過去が一般市民とは大きくかけはなれたものであったことを、気づく立場に彼はいる。しかし、これまでも、滝はそれをたずねたことはない。

「また現われたらいかがしましょう」

「かまわない。通してくれ」

「かしこまりました」

頷いて、踵を返しかけた彼にいった。

「明日からしばらく旅行にゆくかもしれない」

滝は無言で私を見つめた。

「飛行機の切符がとりたいのだが、無理だろうか」

一年中でもっとも交通機関の確保が困難な時期である。

「外国ですか」

「いや、国内、四国だ」

二人の男の出現が私の心を決めさせていた。

「高知、松山、高松、どちらです」

「松山が便利だと思う」

わずかの間考えた。

「航空会社に友人がいます。あたってみましょう」

「店の方は、お願いしておきたい」

「かしこまりました。この時期は格別のことはありません。ご安心下さい」

「ありがとう」

「期間はどのぐらいでしょうか」

「わからない。四、五日と考えておいてほしい。もし状況が変われば連絡します」

「承知いたしました。航空券につきましては、手配できしだいにお知らせします」

「お願いします」

滝がオフィスから出てゆくと、私はもう一度、送られてきたカセット・テープを再生した。

まちがいなく牧野の声だった。かつて、私の〝同僚〟だった男のものだ。低く、切迫した口調で救いを求めている。

牧野がどうやって私の居場所《みせ》をつきとめたのかは謎だった。そして、どのような苦境に立たされているのかも、私は知らない。牧野の言葉にあった〝彼ら〟とは何者なのか。

わかっているのは、かつて〝同僚〟であったがゆえに、牧野が私を頼んだという事実、そして、政府の調査員と名乗った二人の男達は、真っ赤な偽者であるということだけであった。

2

「プリオール」の閉店時間は午前二時である。二日に一度は、私は閉店まで店に居残ることにしている。

二日間の休業に備えて、腐りやすい食料品が処分され、最後の客達が店を出てゆくと、滝がオフィスに現われ終業を告げた。

「御苦労さま、店の連中を帰したら一杯やろう」

売り上げ金を帰途、夜間金庫にあずけるのは滝の役目であった。金の詰まった布袋をおさめた鞄を手にした滝がオフィスに戻ってくるのを待って、私はバーボンをグラスに注いだ。

「プリオール」の従業員は、社長の私を含めて、ブランデーよりもウィスキー、とりわけバーボンを好んでいる。

I・Wハーパー、アーリィ・タイムス、ジャック・ダニエルといったスタンダードな銘柄から、オールド・クロウ、ワイルド・ターキィといったあたりまで手に入る限りのバーボンを、バーにそろえてある。

ボトルごと冷蔵庫にいれて冷やしておいた酒を、ストレートで飲《や》った。

「航空券ですが、先ほど確認をとっておきました。十一時二十五分の全日空でよろしいでしょうか」

「無理をいってすまなかった」

「いえ。空港カウンターで社長のお名前をおっしゃって下さい。それから……」

「？」

「現金の方はよろしいですか」

滅多に方向性を失うことのないおちついた視線が手元の鞄にむけられた。

私は微笑してこたえた。

「ありがとう。大丈夫だ」

「それでは——」

飲みほしたグラスをデスクの上において、滝はいった。

「よい御旅行を。お気をつけて」

最後のひとことを私の目を見ていった。

私が頷くと、鞄を手にしてオフィスを出ていった。私はデスクにかけたまま、裏口の方へまわる、滝のサマー・スーツの後ろ姿を見送った。

私に身よりはない。もし、私に万一のことがあった場合、「プリオール」のすべては滝とシェフの有海が等分にうけつぐことになる。

それを知っているのは、「プリオール」を開店する際に、滝の推薦で顧問にたてた弁護士だけである。

暗くひとけのない店内を横切り、二つの使ったグラスをキッチンにおいてきた。すべての灯《あか》りを消して、裏口のシャッターを閉じ錠をおろした。

あとは最新式のエレクトロニクス警報装置が「プリオール」を保護してくれる筈である。

小雨があがったばかりのようだ。ペーブメントが黒く濡れていて夜気がじっとりと肌にまとわりつくように重かった。

係もいなくなった駐車場に歩みをむけ、車にのりこんだ。フロントグラスにたまった水滴をワイパーでぬぐいさり、発進した。

高い性能とパワーをもちながらも驚くほどあつかいやすい車を運転して誰も待つ者のない自宅へと深夜の街路を走るのは、私のいつもの楽しみである。

厳しい取締りのためか、真夏にあっても市内をわがもの顔で疾走する暴走族も現われず、東京に比べ深夜の一斉もはるかに少ない。

他の街に比べれば、排他的で馴染《なじ》みにくいといわれている都市だが、東京で妻となる女性を見出《みいだ》し、彼女を連れて移り住んだときは、この街は決して私達に対して冷たくはなかった。

気候、風土、住民の気質、すべてが新しく刺激的ですらあった。

戦後の都市計画の産物である多車線を擁した、幅の広い市内主要道路が、いきおい交通の高速度化を促し、事故件数においても常に全国ワースト三《スリー》にランクされていたとしても現実に事故に遭遇するまで私達にとっては、あくまでも数字でしかなかった。

事故にあったとき、私達が数字に含まれた。

死者一――私の妻、美里が数字にかわった。私は二週間、病院のベッドで折れた脚と美里の写真を見つめて暮らした。

メルセデスのハンドルを握るとき、もしあの晩私達が選んだ車が、美里の国産車でなかったなら――そう思うことがたびたびある。

美里の運転は、女性ドライバーとしては、かなりたくみであった。唯、深夜、シンナーを吸入してロータリィ車を走らせていた若者が、朦朧《もうろう》状態で対向車線に侵入し、それを避けようとした長距離便トラックが、美里の運転する、私達の車に衝突したのである。おそらく、美里の死は、その時点でさけがたいものだったのであろう。私のメルセデスは左ハンドルであるし、自分の車のハンドルは、それぞれが握るという、夫婦の習慣に従うかぎり右座席にすわる者は死亡する運命であったのだ。私達に子供はなかった。

事故の原因となった若者も、現場から数キロ先で、電柱に激突し死亡した。

湿った重い空気が、心の底の重荷までひきだすような晩だった。

「プリオール」から四キロほど離れた、住宅街に位置するマンションに私は帰りついた。車を地下駐車場の定められたスペースにいれると、私はドアをロックした。

十一階だての私の住むマンションは、東京に比べ、比較的地価の安かったこの市でも最近増えだした高級タイプで、住人か管理人の操作がないと、ロビーから内には入れないしくみのいわゆるE・D・オープナー機構を備えている。

従って、私は地下駐車場から、一度ロビーに昇らねばならない。二階以上の階に昇るエレベーターは、地下駐車場にはないのだ。

自分のキィでロビーのドアロックを解き、エレベーターにのりこんだ。

深夜の街路を背景に、鏡と化したガラスドアに立つもう一人の自分と視線をかわす。

エレベーターの扉が閉まる直前の一瞬、彼が暗い表情で私を見つめていた。

エアー・コンディショニングのきいた三LDKが、内包する空気と同じく乾燥した表情で私を迎えいれた。

部屋の灯りをつけ、靴をスリッパにはきかえると十階という高さにふさわしい眺めを与えてくれる、窓ぎわのソファに腰をおろした。

何かをした、という実感のない一日であったにもかかわらず疲労をおぼえていた。

上着をぬぎ、ネクタイをゆるめると、シャワーを先にするか、もう一杯バーボンを体に注ぐ方を先にするかわずかの間考えた。

結局、バーボンを注いだグラスを手に浴室にむかうことにした。

リビング・ルームの片隅に、この部屋にあって私の心を和ませる二つのものがおいてある。

一つはステレオである。ジャズであれ、クラシック、そして若者の聞くニュー・ミュージック、フュージョン・ミュージックであれ、音楽に身を浸していることを、私は嫌いではない。

そして今一つ。数本の彫刻刀と何本かの木材。人間像、船、動物、私の細かい作業が限られた平面しかもたぬ立体を、さまざまな表情に変えてゆく過程が楽しい。

それらを横目で見ながら、部屋を横切り、酒を口に含んだ。

グラスを浴室の洗面台におき、シャツのボタンをはずしたとき、電話が鳴った。

午前三時——こんな時刻に電話をかけてくるような関係をもった人間はいない。

受話器をとった。

「もしもし、加賀さんのお宅でらっしゃいますか」

女の滑らかな声が合成樹脂の穴から流れ出た。

「そうです」

「加賀、哲さんでいらっしゃいますか」

幾分、警戒したような口調で、女はいった。

「はい」

「あの、お会いして、お話したいことがあるんです。こんな時間に非常識だということは承知いたしております。けれども、どうしても、お話したいのです。よろしいでしょうか」

「今、どちらにいらっしゃるのですか」

「観光ホテルです」

「市の？」

「はい」

「どういった内容でしょうか。お電話ではうかがえませんか」

「四国のこと、だともうしあげたらおわかりでしょうか」

私は息をすいこんだ。昼に現われた偽調査官につづいて、牧野のことで私に接触をはかろうとする人物がいる。

「加賀さんご自身の安全のためです。どうか会って下さい。ホテルのロビーでお待ちしております」

一方的に女はいうと、電話を切った。かけ直して話そうにも、私は女の名すら知らない。

私の安全――女はそういった。どういう意味なのか。

偽者の調査官が拳銃を携帯していたという、滝の言葉を思いだした。

何かが起きたのだ。牧野が私に救いを求めたことにより、私もそれに捲きこまれている。

私はもう一度洋服を身につけた。牧野から送られてきたマイクロ・カセット・テープを、浴室においてある石鹸の箱の中にかくした。

エレベーターをのりかえて、駐車場におりたとき、見慣れぬ車の存在に気づいた。過去の生活の結果、身についた危機に対する防禦《ぼうぎょ》本能が警告を発したのだ。シルバー・グレイのセドリックが来客用スペースにとまっている。さっきまではいなかった。

そして、駐車場に人の気配がある。

誰の姿も目につかなかったが、私にはわかった。歩みをのろめ、ゆっくりとメルセデスに近づいた。

隠れているとすれば、メルセデスと並んだ車の陰だろう。

ドアにキイをさしこんだ時、男達が現われた。両側から一人ずつ、私をはさみこむように近づいてきたのだ。

サイドウィンドウに彼らの姿がうつった瞬間、私は体を回転させた。

メルセデスの左側、私のまうしろに近づいていた男が、息を呑み体を硬直させた。気づかれるとは思っていなかったのだ。銃を抜こうと、上着の内側に手をさしいれた瞬間、右肩に回し蹴《げ》りを放った。

男の体が吹っ飛び、うしろの車に叩きつけられた。その手から、銃身の短いリボルバーが落ちた。

昼間、私のオフィスに現われた二人組の片われ、若い方の男だった。

落ちた銃が金属音をひびかせ、私はその男の鳩尾《みずおち》に、膝《ひざ》を突きこむと一回転してその銃をすくいあげた。

メルセデスの反対側でメタル・フレームの眼鏡の男が立ちすくんだ。

「動くな」

私は、リボルバーの撃鉄をおこすと、胃を痙攣《けいれん》させている最初の男のこめかみに、銃口を押しつけた。

「撃つなっ」

メタル・フレームの男が叫んだ。

「撃たない。お前が何もしなければ」

「わかった」

男は、目を閉じて頷くと、再び目をみひらいて私を見つめた。

「頭のうしろで両手を組め」

男はいわれた通りにした。

「これは一体、何の真似だ。政府の人間がどうしてこんなことをする、え？　お前達は何者だ」

私は銃口を倒れている男の頭に擬したまま、すばやく彼の上着を上から叩いた。左胸の内側に手応えがあり、それをひきだした。財布がはいっていた。

中味を、コンクリートの駐車場の床の上にぶちまけた。

何枚かの紙幣が落ちただけだ。もう一人の男が私に見せたような偽の身分証すら持っていない。

「身分証を持ち歩かないところを見ると、人様に誇れるような種類の人間じゃないな」

メタル・フレームの男は黙りこんだ。

「吐いてもらおうか。なぜ私をつけ狙う。昼間、私のところへやって来たのは何のためだ？　そして、今夜もどうして私を待ち伏せた？」

答はなかった。

私はいい気になりすぎていた。仕事をやめて五年も経過し、本来するべき注意を怠ってしまったのだ。

倒れていた男が不意に私の喉《のど》を突いた。激痛と苦しさにのけぞると、私の上にのしかかり、拳銃をもぎとろうとした。

ヘッドライトが駐車場内にさしこんだ。私の上に馬乗りになっていた男が一瞬ひるんだ。新たな車がやってきたのだ。

私は、拳銃のひき金を絞った。天井の低い駐車場内で、銃声が轟音《ごうおん》となってひびいた。

男が力をこめて、私の顎《あご》を殴った。目がくらみ、意識が遠のいた。私の手から拳銃がもぎとられた。体の上から、男の体重が去り、かわりにこめかみに蹴りをくらった。

体が床の上で回転した。足音が駆け去り、ドアの開閉音と、急発進のスキッドが駐車場内にひびいた。

メルセデスのバンパーにつかまって体を起こすと、ドアを開きシートに倒れこんだ。

何も気づかなかった様子で、三階に住むアルファロメオに乗っている医科大生がエレベーターを待っているのが見えた。

医師としての彼の才能は知らないが、とにかく今夜は、彼に私は命を救われたのだった。

ときおり見かける彼と、その、女性を含めた友人達の雰囲気から推して、今夜も彼がヒポクラテスとなるべき努力の結果、たった今まで遅くなったとは思えないが、いずれにしてもそのお陰で、私は絞めころされずにすんだのだ。激しく咳《せき》こみながら、私は考えた。

咳がおさまっても、しばらくは体を動かせずにいた。

蹴られたこめかみに、そっと指先で触れると、激痛が走った。体を回転させたのは、衝撃から頭蓋を守るためであったが、意識を失わぬていどに守ったものの、鈍痛と外傷が残った。

男が空手の達人でもなく、満身の力をこめて蹴りを放ったわけでもなかったことに感謝せねばならないかもしれない。

頭部に加えられる衝撃により、人間はあっさり死亡することもあるのだ。

ゆっくりと身をおこすと、運転席にすわった。膝がふるえていた。

銃を持った相手とわたりあうのは四年ぶりであった。四年前においても、そう何度もあったことではない。

彼らが私を殺すつもりであったとは思えない。少なくとも、ここで殺す気はなかったようだ。おそらく私を拉致《らち》し、彼らの知りたいことを吐かそうと試みたのであろう。何を知りたかったのか。

警察に彼らのことを届ける気はなかった。

駐車場のどこかにめりこんだ弾丸をほじくりだして、その銃に前科がないか調査する。

警察にできるのはそのていどである。

男達は、他に証拠をのこしてはいない。私が奪った財布も回収されていた。彼らはプロであった。私は、引退したアマチュアである。従って、彼らがリターン・マッチを挑んできたなら、よほどの強運が私に味方せぬかぎり、私に勝目はない。

膝のふるえが運転に支障をきたさぬほどにおさまると、私はイグニションを回した。

男達が何を目的に、私を待ち伏せたのか、それを知るにはホテルで待つ、女に会うしかなかった。

深夜、というよりはもはや早朝の、ホテルのロビーに客の影はなかった。

眠そうなボーイとクラークが、所在なげに立ち、うろつく私を見ていた。

私を駐車場までおびきだす罠《わな》だったのであろうか、私は思った。

暗く照明をおとした空間の片隅に腰をおろし、煙草をくわえた。

何百人もの客を体内におきながら、死んだように静まりかえっている建物のいわば、口蓋にあたる場所で、体を休めていると、さっきの事件が、馬鹿げたできごとに思えてきた。

女の電話を罠と断ずることはできない。いつまでも現われぬ私に業を煮やして立ちさったとも考えられる。

煙草を、磨かれたステンレスの灰皿におとしたとき、背後に人の気配を感じた。

「加賀哲さんでいらっしゃいますか」

白地に茶と黄のストライプがはいったワンピースを着た女が立っていた。

私は無言で相手を見つめた。

「お呼び出ししたのはわたしです」

つづく言葉でも、私は確認しきれていないようだった。

「あなたは?」

私は立ちあがって彼女を見つめた。

「ユキと申します。降る雪です」

「雪さん……」

「はい」

女は私を見つめて頷いた。暗がりの中だったが五十センチと離れていない位置で見る雪の顔は、個性的な美しさがあった。

彼女の個性を一言であらわすなら知性である。広い額も、切れ長で真摯《しんし》さをたたえた目も、緊張のせいか結んだ唇も、彼女の持つ、鋭い洞察力を感じさせた。

髪はそう長くはない。あっさりと後方へなでつけてあるだけだ。年齢は二十七、八であろうか。

背がおどろくほど高かった。靴のヒールを考えても、百七十センチ近くあるにちがいない。

「私に話したいこととおっしゃるのは」

私は周囲をすばやく見回していった。

「あら、こめかみに血がにじんでいます」

「目がいいんですね。こんなに暗いのに」

雪は無言で、エレベーターの方角へ瞳をむけた。

「いずれにしても、ここではお話できません。お部屋の方にいらしていただけますか」

私の返事を待たずに歩きだした。面《おもて》を上げ、無駄のないきびきびとした歩みだった。

エレベーター・ホールの奥に二人掛けのソファがおかれていた。ロビーの方角から見れば真っ暗である。おそらく雪は、ここにかけて私が現われるのを待っていたのだ。

ボーイがアクビをかみころして私達の方を見た。しかし、エレベーターにのりこんでも何もいわなかった。

エレベーター基内の照明で彼女を観察した。

魅力的である。彼女が一体、どんな関わりを持っているのか。

部屋に入るまで雪は無言だった。

さして豪華とはいえない、シングル・ルームであった。

スーツ・ケースも、衣服も、雪の存在を感じさせるものは何ひとつおかれていなかった。ベッド・カバーはかけられたままである。

「おかけください」

市の西側を見おろす、はめ殺しの窓際のソファを私に勧めた。

「失礼」

私はいって腰をおろした。

窓の外では夜が白みかけている。

「お話をうかがいましょうか」

「待って下さい」

雪はハンドバッグを手にバスルームにはいった。一分とたたぬうちに、濡らしたタオルを手に出てきた。

「あっちを向いて下さい」

私は横を向いた。タオルが乾きかけていた血をふきとり、その跡にバンドエイドが貼られた。

「ありがとう」

「いいえ」

てきぱきとタオルをバスルームに返すと、私の向かいに腰をおろした。脚は組まず、その上に重ねた両手をおいた。

「加賀さん、四国へいらっしゃるおつもりですか」

私は、窓から雪の方に目を移した。

「四国？」

「そう、牧野辰男のところです」

「………」

「牧野辰男と加賀さんはどんな関係でいらっしゃるんですか」

「その前に、おうかがいしましょうか。あなたはいったい、何のために私のところに電話をかけてきたのですか。私の名や、電話番号、それに牧野と私が知りあいであることを、どうして知ったのですか」

「加賀さんのもとにテープが届いたと思いますが。マイクロ・カセット・テープです。差出人は板倉電子株式会社。宛名は松宮貿易」

「なぜ、それを？」

「あのテープを投函したのがわたしだからです」

「あなたは、では板倉電子の社員かなにかですか」

女は答えずに私を見つめた。

「いや、私の名を知っているなら、あのテープの内容も知っているにちがいない。そうですね」

「そうです」

「私の自宅の電話番号を、どこで調べたのですか」

「そんなことより、もし加賀さんが四国にいらっしゃるお積もりならおやめになった方がよろしいですわ」

「どうして」

「加賀さん御自身のためです」

「私の？」

「安全に関わります」

「ほう。四国に何があるのですか。実は、今日の昼間、私の勤め先にも、牧野のことを訊ねに来た男達がいましてね」

雪はさっと面を上げた。心なしか蒼《あお》ざめている。

「それで何と」

「彼らは政府の調査官だといった。だが偽者だということがわかったので、私はそういう男は知らないと答えた。いったい牧野に何がおきたのですか」

「もし、四国にいらっしゃるお積もりならば……」

雪は窓に面をむけた。

「御自分で確かめられてはいかがです」

「そうしましょうか」

　私はいった。

「私と話したいとおっしゃったのはそれだけですか」

「そうです」

　雪はこたえた。唇をかんでいる。

「ここに来る途中、というよりは自宅のそばで、昼間の男達に待ち伏せられましてね」

　雪が再び私を見つめた。

「彼らは拳銃をもっていた。どうやら私をつかまえて問いただしたいことでもあるようでした。運よく、つかまらずにはすみましたがね」

「じゃあその怪我は」

　私は頷いた。

「雪さん、とおっしゃいましたね。あなたがなぜ警告をするかは知りません。しかし、これだけはお教えしておきましょう。私と牧野は友人です。そして、かつて同僚でした。同じ仕事をしていたんです」

　私は立ちあがった。

「待ってください。加賀さんは、いったいどんなお仕事をしていらしたんです?」

雪があわてたようにいった。仮面のような緊張の表情が初めてやぶれた。本当に知りたそうであった。

私は雪を見おろして微笑した。そして答えずに、彼女の部屋を出た。

3

牧野とその身辺に何がおきたのかはわからない。しかし、容易ならざる事態ではあるようだ。

私は尾行と待ち伏せに注意して自宅へ戻った。帰りついたときには、頭痛で頭の芯がうずき、しかも夜が完全に明けているといったありさまであった。

雪の警告通り、四国行きをとりやめたならば、私自身がトラブルから救われるというものでもないようだ。おそらく、牧野が私に救いを求めたこと、そして過去の二人の関係はさておき、私と牧野がつながっていることなどは、雪だけではなく、私を襲った男達にもわかっていたことなのだろう。

私には逃げることはできないのだ。

牧野の言葉にあったように、東京に救援を要請するのは考えられぬことである。彼らは、利用すること以外頭にない。彼らにとって人間とは、すなわち駒である。チェック・メイト。

そこへ行きつくまでの犠牲は問わない。

私はシャワーを浴び、スーツ・ケースに衣服を詰めこんだ。

滝が手にいれてくれた航空券は、午前十一時二十五分の便のものである。空港に向かうまでの時間を考えると、充分な睡眠は望めそうにない。

私はバスローブのまま、リビング・ルームから寝室にはいった。

その部屋の押し入れの天井に細工がしてある。このマンションに移転したのは、美里が死んでから一と月後であった。それまで、私達は、マンションと、同区内の一戸建ての家に住んでいたのだ。

移ってすぐ、私は天井に秘密の物置きを製作した。およそ、十センチほど天井を低くして、偽の天井との間にできた空間を利用したのだ。

一千万円の現金をそこにおいていた。百万ほど抜くと、三つにわけて所持してゆくことにした。

そしてもうひとつ。

九ミリ口径のオートマティックもそこにある。リボルバー・タイプの拳銃で有名な、米、スミスアンドウェッソン社が戦後つくり出した九ミリパラベラム弾を使用する、ダブルアクション機構を持つオートマティックである。

ガン・オイルを塗ったサランラップで密封してあった銃をとりだし、オイルをティッシュで拭きとった。

弾倉にカートリッジを装塡《そうてん》すると、ハイライドタイプのホルスターに納め、スーツ・ケースの奥にしまいこんだ。

銃を持ちだすのは、仕事をやめて以来初めてである。

使用する必要が生じるとは思わずに、それでも尚《なお》、捨てることができないでいた代物であった。自分の命を守るために、使ったことが数度、ある。

今回に限り、自分の命を守る必要が厳しく生じる——確信があった。

牧野は抵抗し、そして救援を求める結果になった。彼が立ちむかい、そして彼を制圧した敵に対し、銃を持たずに自分を晒《さら》す気はおきない。

空港のセキュリティ・チェックは携帯品と機内持ちこみの荷物に対してのみである。スーツ・ケースにいれておく限り、拳銃を発見される気遣いはない。

銃を初めて手にしたとき、一度も人に対して使わずにすむことを願った。そしてまた、もし撃てば、必ず後になって悔やむのではないかと思った。撃たずにすんだのではないか、と。

しかし、実際に人を撃ったときはちがった。撃たなければ、自分が死んでいた。

荷造りを、そんなことを思いおこしながら終えるとグラスに酒を注いだ。ベッドの上に体を横たえスタンドの灯りで天井を見つめながら、酒を飲んだ。一杯目を飲みおえると、二杯目を手に、リビング・ルームの床にすわりこんで音を絞ったステレオに耳を傾けた。

何人かのトランペッターの演奏を一本のテープに自分で編集したものだ。一九五〇年代に活躍した黒人ジャズメンから始まり、最近、ニューヨークより凱旋した日本人まで続いている。

四杯目は、トランペットに代わってサックスのアルバムに変えた。酔いがゆっくりと浸透しはじめると、ステレオをそのままにして寝室に戻った。カーテンを通して、白んだ空に目をむける。カーテンを開き、朝の光を受けいれるだけの余裕はなかった。

やがて、眠りが酔いに代わった。

飛行機──ボーイング七三七に乗りこむまで、何のトラブルも起きなかった。

呼んでおいたタクシーに乗りこみ、飛行場に向かい、搭乗手続きを終えるまでの間、気づく限り、私を尾行、監視する者はいなかった。無論、襲撃もない。

昨夜の男達の姿は、どこにも見あたらなかった。

私が飛行機に乗りこむのを妨げる者はおらず、飛行機そのものにも異状はなかった。

飛行機が離陸すると、スチュワーデスのアナウンスが、松山空港までの所要時間が、約一時間であることを告げた。

お絞りにつづき、飲物が配られる。一時間という短い飛行時間では、この程度のサービスが限界であろう。

洗練された、制服に包まれたスチュワーデス達の無駄のない動きに、私は雪のことを思いだした。

魅力的な女性であった。彼女が、牧野とどんな関わりあいがあるのか、四国に行けば判明する筈である。

軽い頭痛と眠気を感じていたが、どうすることもできなかった。飛行機に乗りこむまでの緊張感で、神経が張りつめていたのだ。

飛行機内で、何かをしでかす愚か者はいない。厳しいセキュリティ・チェックで、兇器を機内に持ちこむことは不可能であるし、たとえ持ちこんだとしても、それを使用した後、逃げ場はない。飛行機をハイジャックする以外、手はないのだ。

私にとっては、襲われる気遣いのない唯一の安全地帯であるといえた。満席の機内でくつろぐことはできなかったが、望むこと自体がぜいたくであろう。

体中にこめていた力をとくことができそうであると思い始めた頃、飛行機は着陸態勢にはいっていた。

あっけないほど短い。

松山空港は、大きくはないが垢《あか》ぬけた建物であった。手荷物受けとり所で、私は、ベルトコンベアに乗せられて回転する荷物が、私のスーツ・ケースひとつになるまで待った。

同じ飛行機に乗ってきた者達が、ひとりのこらず、建物を出てしまうのを確認して、スーツ・ケースをとりあげると、係員にチケットを渡した。

ガラス扉を押して出ると、正面に車の並んだ駐車場、そしてそのむこうに繊維メーカーの工場群が見えた。

太陽の反射光が、車体や路面から目を射る。私はサングラスをかけると、タクシーに乗りこんだ。

松山市内でタクシーを乗り継ぎ、松山市役所に近いホテルに入った。

空調のきいたロビーで、チェック・インの手続きをすませ、荷物をあずけると、ティールームに脚を運んだ。

濃いコーヒーを体が要求していた。明るいグレイのスーツに、白のコットンのシャツ、黒のニットタイをしめた私の姿は、ホテルマンの目には商用で松山市に現われたとうつったにちがいない。

私の姿を、そうでない興味を持って見つめる者がいるかどうかを知りたかった。直接、部屋に向かわなかったのはそのためもあった。空港の建物を出た瞬間、監視者の存在を感じていた。

それは単なる勘である。しかし、その姿を視界に捕えられないとしても、私には確信があった。

タクシーを乗り継いだことによって尾行を阻めたとは思わなかった。それは、単に確信を深めただけの結果に終わった。

尾行者は間抜けではなかった。私がホテル内に脚を踏み入れても、それを追って入ってくる者はない。

コーヒーを飲み終えると、売店で四国のロードマップを買い、フロントでレンタ・カーを予約した。二千ccクラスの国産で愛媛ナンバーのもの、と注文する。レンタ・カーの場合、その地方のナンバー・プレートをつけた車を貸与されるとは限らない。私としても、北海道のナンバーをつけた車で四国内を走り回るのだけは御免であった。

監視者に、その任務を容易にさせるだけである。

ここが愛媛ではなく、徳島であったなら——私は思った。この時期、徳島は阿波踊りで凄《すさ》まじい混雑となる。尾行者にとっては、悪条件が重なることはまちがいない。

すでにスーツ・ケースが届けられていた部屋に入ると、ドアをロックし荷物を開いた。

拳銃を携帯しようと思うなら、上着は絶対に必要である。

いつ、どういう状況で拳銃が必要になるかはわからなかった。

唯、ホルスターを腰のベルトに装着した場合、不用意に腰をおろすことはできない。なぜならば、体をかがめたときに、上着の外側から拳銃のシルエットが丸見えになる。

S&Wのオートマティックは決して小さな銃ではない。

シャワーを浴び、ベッドに腰をおろすとロードマップを開いた。

板倉電子株式会社の所在地は、松山の南約百キロの宇和島市である。おそらく、牧野自身の住居も宇和島にあるにちがいない。

宇和島に行くことが必要だった。牧野の経営する会社が、どんな状態であるかを確認しなければならない。それも、堂々といくのではなく、それと知られずにである。

電話が鳴った。フロントからであった。レンタ・カーが駐車場に届いたという。

私は、小さなバッグに、持参した双眼鏡と拳銃をいれた。ジッパーを閉じ、ロードマップを手に階下へと向かった。

「お車は地下の駐車場に置いてございます。クラウンでよろしかったでしょうか」

「ありがとう」

クラークに、ルームキイを渡して私は答えた。

「それと、宇和島市の電話帳、手にはいるだろうか」

「はい、ございます」

「部屋の方に置いておいて欲しいのだが」

「承知いたしました」

駐車場のスペース・ナンバーを聞き、私はエレベーターで地下に降りた。車はキイを差しこんだままで駐車されているという。

シルバー・グレイのクラウンであった。

私は乗りこむとエンジンをかけ、計器表示を確認した。

宇和島市へは国道五六号線で一本である。

約二時間かかると考えていた。

伊予市、中山町、内子町、大州市、宇和町、吉田町を経て宇和島市である。

駐車場は、半分程、車でうまっていたが人間の乗っている車は一台もない。

どうやら、深夜の駐車場の方が彼らの好みらしい。

しかし彼らは一体、何者なのだ。助手席においた、拳銃と双眼鏡をいれたバッグを確認すると、私は車を出した。

国道五六号線は、片側一車線の道だった。

木材を積んだトラックが多く、昼間でもライトを点灯した単車がいきかう。どうやら県警の奨励でそうしているようだ。

ニューヨーク。

六年前のニューヨークでもそうであった。

昼間でも点灯走行するオートバイ。私は、ニューヨークで、過去の仕事を辞めようと決心する、小さなきっかけを得たのだった。

「汚染している」

彼は、私にそういった。

「ニューヨークは汚染している。自分の目で確認したならば、こちらの指示をあおぐ必要はない。適切な処置を施すように」

私には、彼のいう〝適切な処置〟が何を意味するのかわかっていた。それまでは仕事に疑問を感じたことはなかったのだ。

彼の名を、本当の名を、私は最後まで知らなかった。知っていたのは、松宮貿易代表取締役としての彼の名前であった。

松宮社長――そんなものは何の意味も持たない。符号としての価値すらなかった。

私達社員は、唯、〝社長〟と呼んでいた。

私は一人でニューヨークに飛んだ。そして、松宮貿易ニューヨーク支社が、確かに汚染されているのを知った。

支社というよりも、それは支局と呼ぶ方がふさわしいほどの規模でしかなかった。汚染されていたのは、ニューヨーク支社長ただ一人であった。アメリカ在住十八年のベテランである。

問題が生じた。

彼の汚染は、社長がおそれていた左サイドからの要撃によるものではなかった。買収、暴力、罠、あるいはそれらの複合によって生じた汚染ではなかったのだ。おそらくは友情が原因であった。支社長の親しい友人に、情報が流れていた。そして、その親しい友人は、同じ仮想敵を持つ、同サイドの人間であった。

CIA局員である。

私は、躊躇《ちゅうちょ》した。社長の指示に反し、処置をためらったのだ。

汚染を通報したニューヨーク支社員が、社長にそれを知らせた。東京から交代要員が到着し、私は任務を外された。

ニューヨーク支社長の葬儀がおこなわれた日、私は彼が情報を洩らしていた相手と思われる、CIA局員と墓地で会った。

冬の雨の日であった。毛皮の襟のついたオーバーで身を固め、メタル・フレームの眼鏡と赤い鼻が目につく男だった。

「あなたのボスは、もう現代には適合できない人間だ」

真っ白い息と共に、ユダヤ系の男はその言葉を吐き出した。

「彼はダブル・エージェントとしてどんな使いかたもできたはずだ。一切の汚染を許さない——そんな方針が通用する時代は終わったのだ。あなたの組織は、いつか煙たがられる存在になるだろう。そして、あなたのボスも」

時代に適合できぬ組織。確かに、社長の考え方はハードすぎた。

固いものは壊れやすい。私の心に小さな亀裂が生じ、忠誠心がほころび始めたのは、そのときからであった。

〝自分の生命を守るため以外において、他者を傷つけることを好まぬ性向〟ニューヨーク出張で私の欠陥が明らかになった。

社長が私を後継者として選ぶつもりでいたことを、私は帰国してから知った。そして、その性向ゆえに、私が後継者には不適格であるという判断を社長は下したのだ。

松宮貿易は決して大きな組織ではない。しかし、その持てる力は小さくはなかった。私は、一年半後、決定的なできごとにより松宮貿易を辞めようと決意してのち、それを嫌というほど思いしらされる羽目になった。


車は法華津《ほけつ》峠をこえ、吉田町に入った。そこから道は海岸線と接する。真夏の太陽光を反射する海面が、サングラスを通して目に痛い。磯の香りが、鼻をついた。

私は何かの本で読んだ科学記事を思いだした。人間の、というよりは生物の血液成分は海水に非常に似ているというのだ。それは、とりもなおさず、生物が海で生まれ、そこから進化していることを証明しているという。

見知らぬ土地を車で走るのは、緊張するがまた、当面の疑問から気分を晴らす効果も促す。

道そのものは、走りにくい状態ではなく、ドライブは快適といえた。

やがて宇和島市に入った。

私はロードマップの小さな都市図を頼りに、国鉄の宇和島駅をめざした。

街そのものは小さく、西に宇和島湾、北から東にかけては山がある。

山に面したほぼつきあたりの位置に国鉄の駅があり、都会での運転に慣れた私にとっては、かなりの規模の四叉路でも信号のない市内が驚きであった。

国鉄宇和島駅は、予讃本線の最終駅である。

私が駅前のロータリィに車を駐車したのは、午後四時少し前だった。街はまだ明るくて、駅の周辺部が繁華街なのであろう、かなりの人通りがあった。

四国の西南部にあり、足摺《あしずり》宇和海国立公園の観光拠点となる街である——とロードマップの説明にある以上、案内センターが駅周辺部にあるにちがいないと私は踏んだのだ。

駅前は、熱帯植物を中央分離帯に植えこんだ広い道路が東西に走り、駅の建物の真向かいに、私は三階建ての「宇和島市観光情報センター」を見出した。

ドアをロックすると、車を降りてその建物にむかった。

私の後、車を駐車する者もいなければ、ことさら私を注視する者の気配も感じなかった。

ガラスのひき戸をあけると、三人の男女が小さなカウンターの中にすわり、電話や旅館の斡旋《あっせん》を依頼する観光客の応対に忙しそうにしていた。

「何か」

カウンターの右端にすわっていた、半袖の白いシャツにネクタイをしめた若い男が、私に気づいた。

「観光地図、ありますか」

私は、カウンターにもたれかかって訊ねた。若い男は即座に、かなりの厚味のある小冊子を含めた三種類のパンフレットをならべた。

「みな無料ですので、どうぞお持ち帰り下さい」

「ありがとう」

私は、観光地図を開き、板倉電子株式会社の所在地を訊ねた。無論、口に出したのは地名だけである。

「板倉電子のあるところですね」

「は？」

「いえ、そこに板倉電子という会社があるんです。工場は別なのですが」

「ほう」

「工場は宇和町、ここから二十キロほど北にあるんですが、そちらに御用事なんですか」

「いえ、手紙をくれた友人を訪ねようと思ってね」

「そうですか、それならば……」

若い男は、身振り、手振りを交えて、道を説明し、こちらが車であるのを知ると、パンフレットの観光都市図に赤鉛筆で地図をひいてくれた。

「どうもありがとう」

私は礼をいうと、案内センターを出た。

板倉電子の本社は、市の南部で、宇和島城天守閣の近くであった。

駅の向こう側、山の中腹に、白いドーム状の建物が見える。そこが市営の闘牛場であるのを、パンフレットで知った。

闘牛といっても、スペインのそれのように人対牛ではない。文字通り、雄牛と雄牛を闘わせるのだ。

宇和島城までは、歩いても大した距離ではない。しかし、拳銃を車内において、長時間路上駐車をするのは考えものである。

車に戻る信号を待ちながら、私は暑さを感じていた。それは急に激しくなり、全身から発汗しているかのように思われた。

私がここまで来たのは、牧野を襲い、自分にまで波及しようとしている実体のわからない災厄のためだけではない。

あのときの疑問――大きな、そして決して解かれることはないと、四年間信じてきた疑問が、もしかすると解けるかもしれない。心のどこかで、そう思ったからではなかったのか。

天守閣は、城山と呼ばれる山に位置していた。私は、拳銃をホルスターに差しベルトに吊ると、双眼鏡の入ったバッグを手に車を降りた。

城山登山口に小さな駐車場があった。

石段を昇りつめると、さほど大きくない天守閣の建物がそこにあった。地元の人間を含めて、かなりの数の人間がいる。

私は、カメラやガイドブックを手にした観光客に混じって歩き回り、説明の立て札を読んだ。

慶長六年に藤堂高虎が築城、六十年後の寛文二年に伊達宗利が現在の様式に改修した、とある。

夜には投光機を用いて、天守閣を山腹に浮かびあがらせるようだ。そこここに大きなライトがすえつけられている。

私は観光客の集団を離れ、市の南部にむかった「城山上り立ち門」の方に歩いていった。

上り立ち門は国道五六号に面していて、それをはさんで、「板倉電子株式会社」の三階建てのビルがあった。

褐色の、地味な造りである。玄関前の車寄せには、社名を書いたワゴンが数台駐車されていた。

ビルを出入りする人間を観察するのが私の目的であった。

ゆっくりと階段を降りながら、私はあたりを注視した。

建物の周囲、車寄せとは別の位置に、駐車された乗用車の列。

双眼鏡を使う必要もなかった。

道路のこちら側に白のコロナ。そして、板倉電子の会社ビルよりに紺のシグマがとまっている。

二台の車には、それぞれ二人の男が乗っていた。

この暑さの中にあって、車中にじっとしているのは、並大抵の忍耐心ではない。

私は国道には降りずに、階段の中途で立ち止まった。

彼らが何者かを監視しているのは確かであった。

何者かが出ていくのを待っているのか、或《あるい》いは帰ってくるのを待っているのか。

私は木立ちの背後に回り、バッグから双眼鏡を取り出した。

車にいる二人組にフォーカスを合わせせる。

四人とも見知らぬ男達であった。二十代から四十代まで、若い男と年長の男の組み合わせができあがっている。

運転席にすわっているのは、二台とも、組み合わせの内では若い方の男であった。

四人ともネクタイをしめているが、上着の方は着たり、着なかったりしている。

彼らが何者にせよ、板倉電子を監視している以上、うかつに目前を歩く気にはなれなかった。

牧野はあの建物の中にいるのであろうか。

私は天守閣まで一度引きかえした。公衆電話を使って、問い合わせるつもりであった。

頂上に立ってあたりを見回したとき、その男に気づいた。

不自然でなく、こちらに背中を向ける。明るいブルーのスーツを着た、四十代後半の男だった。

旅行者のように、カメラを肩から下げている。

城の由来を記した説明板の方に近づいた。

私は、彼の背後をゆっくりと通りすぎた。

後退した額の生え際が、五年間の年月を語っている。

地味な、あくまでも地味な雰囲気を身につけている。

何ということだ――苦い気持を味わいながら、もと来た、城山登山口につづく階段を下っていった。

彼の名を私は覚えている。

長谷川といったはずだ。

彼は牧野と同じく、かつて私の同僚であった男だ。ちがうのは、私と牧野が去った後もなお、松宮貿易に残ったという点だ。

東京が、ここにまで人間をさしむけている。

その理由はひとつしかない。

牧野の身におきた事件に、社長が関心をもっているのだ。

社長が関心をもつ対象は、ごく限られている。私はよく知っていた。

東京が興味を抱くのは、国家の安全に関わることがらだけである。

松宮貿易は、そんな種類の組織なのだ。

4

駐車しておいた車に戻るまで、私は一時間の時間を費さねばならなかった。

長谷川が私を尾行していることはわかっていた。おそらく、私の知らぬ、他のメンバーも追跡に加わっていたにちがいない。

銀天街と呼ばれる、アーケードの中をくぐり抜け、歩き回りながら尾行の存在を確認した。

尾行をまくのは不可能に近い。彼らは、そういった技術に熟達している。

しかし、夕方の商店街の人混《ひとご》みを使って、私はかなり巧みに動き回った。

商店街から、駅前に抜けタクシーに乗りこむと城山登山口の駐車場に戻った。

その時点で、尾行の存在に気づかなかった。彼らが私に気づかせぬほど、うまく立ち回っているか、まくのに成功したかのどちらかである。私は、しばらく車中で動かなかった。

夕闇が漂いだす中で、私の車に近づく者はいなかった。私はゆっくりと車を出した。まっすぐ松山に戻る気はない。宇和町にあるという板倉電子の工場を見ておくつもりであった。

私は板倉電子本社の前をわざと通り過ぎた。

監視者たちは一組に減っていた。コロナが消え、シグマだけが、宵闇のなかでうずくまっているように見えた。

刑事か、一瞬思ったが、そうではないだろう。刑事よりも、むしろ松宮貿易の社員達のように見える。

しかし松宮貿易の人間でないことはわかっていた。松宮貿易は、多くの人間を抱えていない。社長の考え方が変わっていなければ、少数精鋭主義のはずである。

それだけに、汚染した際の被害も大きいのだ。大量の人員を抱えた組織の場合、個々人の摑《つか》みうる情報量、あるいは組織への影響力は大したものではない。逆の場合はちがう。

組織全体の崩壊にもつながらないとも限らない。

私はふたたび、ニューヨークの墓地で会ったユダヤ人の言葉を思い出していた。

白い吐息と共に、厳しい冬の大気に溶けこみ、私の心にもしみこんだ言葉を。

私は車を、宇和町、松山の方角である北ではなく、南に向けて走らせていた。

地図によれば、津島町、内海村を下れば、御荘《みしょう》町、足摺宇和海国立公園の一帯である。

サンゴ礁の海中公園があり、グラスボートが出ている。

私の目的は、無論グラスボートに乗ることではなかった。車による尾行の有無を確認するつもりである。

片側一車線の道路で、しかも傍道がほとんどなければ、尾行者にとってこれほど楽なことはない。

私は、約三十キロほど車を走らせ、あらかじめ地図で見当をつけておいた、須ノ川のあたりまでくると由良半島の方角に向けていきなり右折した。

由良半島は、先の足摺宇和海国立公園を、女呂岬、西海町と北南ではさんでいる、小さな岬である。

漁師町につづく細い下り坂を傍《そば》につらねた、狭く曲がりくねった道が、険しいカーブをえがいてつづいていた。

このあたりに住んでいる人間でなければ、まず使われそうにない道である。

土地鑑のまったくない地域で、車による尾行をまくことができるとは思っていなかった。

私はしばらく、ハンドルを左右に切りつづけながら岬にむけて走りつづけた。

対向車が来れば、まずすれちがうことは不可能の、細い山道が、海を見おろす絶壁にはりつくように続いている。

その道は、果てしなくのびているかのように私には思えた。

前方にも後方にも車のライトは見えない。

どうやら、岬の突端にはゆきつかず、船越《ふなこし》運河と呼ばれる、半島の中央部、潮流の合流点を中心に、再び国道五六号線の方に戻っているようだ。

ライトを消せば、真っ暗の、その運河の上にかかった橋の上で私は車を止めた。

潮流が、激しいうずをまいて流れていく様が、暗黒に近い海面に見えるような錯覚がおきる。おそらくは、潮流のぶつかりあう音のせいだろう。

私は、煙草を開いた窓から海面にむかって弾《はじ》きとばした。赤い弧をえがいて、闇の中にすいこまれてゆく。

不意に生暖かい風が、海上を吹き、空中に位置していた車中にも吹きこんだ。潮の香りを含んだそれは、なにか不吉な気分にさせられるような、嫌な風だった。

窓を閉める直前、犬の合唱が遠吠えとなって耳に届いた。腰につけたままの拳銃が、背骨に圧迫感を与えている。

私は、車を国道に戻すべく、イグニションを回した。

再び五六号に乗った私は、宇和島市を通り抜け、宇和町に入った。

時刻は九時前であったが、国道ぞいの小さな町は真っ暗で、果物を売る露店とガソリンスタンドだけが灯りをともしている。もっとも、国道の左右は、ほとんどが畑であった。

ガソリンスタンドに車を乗り入れ、約三分の一を消費したタンクを満タンにしてもらいながら、工場の所在地を訊ねた。

「ああ、卯之町《うのまち》ですね。もう少し松山の方に走った、道路ぞいの左側にありますよ」

十代のスタンドのボーイがそう答えた。

私は礼を言って、注意深く、車を走らせた。

見えてきた工場は、約百メートルほど道路に面して柵を張っていた。二階建ての細長い建物である。緑色の芝生が、工場と道路を仕切る柵ぞいにしかれ、それを水銀灯が照らし出している。

昼間、工場のわきを通りすぎていながら、私は気づいていなかったのだ。

停車しかけた私は、工場の向かい、畑側に駐車している乗用車に気づいた。車種まではわからないが、そのうずくまった様子は、宇和島市内の板倉電子本社の前に張りこんでいた、監視者を連想させた。

落としていたスピードを上げ、数百メートルほど離れた地点で停車すると、双眼鏡を使って観察した。

ライトを消してはいるが、人が乗っているようだ。

双眼鏡を持つ手が汗ばむまでのぞきつづけたが、ついに容姿を確認することはできなかった。

工場にもどうやら、監視者が張りこんでいるようだ。

牧野が抵抗を試みた相手とは、彼らであろうか。かなりの組織力から見て、おそらくそうにちがいない。

牧野の抵抗を失敗させたならば、よほどの人員を擁している。

彼がいかなる手段で、自分の窮地から脱け出そうと試みたにせよそれが、制圧しようとした者に対して全く無力であったとは思われないからだ。

組織——何らかの組織が動いている。

私は、今度こそ松山に向けて車を走らせながら、そう思っていた。

松山市に入ったのは十時を過ぎた時刻であった。

ホテルの地下駐車場に車をすべりこませ、ドアを完全にロックすると、ロビーにあがった。

ホテルの宿泊カードに、私は本名を記してはいない。

松宮貿易の社員たちが私の所在をつきとめようと動き出すことはまちがいない。彼らは訓練をうけている。

その訓練は、ある点においては警察官がうけるものと非常に似ている。そしてまた、別のある点においては全く、ちがう。

松宮貿易の社員には、警察官のような遵法精神はない。

私は空腹を感じていた。

メイン・ダイニングはすでにクローズしていた。

「軽いものでよろしければ、バーでお召しあがりになれます」

ルームキィを渡してくれたクラークがいった。

双眼鏡を部屋に置いて、私はバー・ラウンジのある階まで、エレベーターで昇った。バーは、小さく陰気で、気にいらなかった。仕事場でありながら、暖かく、しかもすべての点で充実していたレストラン、「プリオール」を懐しく思った。ローストビーフをはさんだサンドイッチを食べ、二杯の水割りを飲みほすと部屋に戻る気になった。

長居していても得るものはなにもない。

木曾の小屋に出かけることをのぞけば、美里が死んで以来、旅行をしたのはこれが初めてである。

マンションに移ってのち、私はなるべく部屋に個性を持たすまいと心していた。オーディオと、木彫りが唯一の私の存在の表現であった。

その中に在るときのみ、私は安息を覚えていた。

無論、「プリオール」をのぞけば。

旅に出て、土地を意識すると、自分が独りであることをより濃く感ずるであろうことはわかっていた。

真由美や彼女の仲間達と出かけるならば、その間は、感じずにすむ。それは確かだ。しかし、そのときは帰宅してのち、部屋の広さを味わうことになる。私は自分の感傷に対して、おそれを抱くような生活を送ってきたのだ。

翌朝、ダイニングで和式の朝食をとると、電話をすべく部屋に戻った。

宇和島市の電話帳から、私は三つの電話番号を拾いだした。

二つは、板倉電子株式会社の番号である。片方は、送られてきた封筒にも印刷されていた本社の番号であり、残る片方は、卯之町にある工場の番号であった。どちらも代表番号しか載せていない。

三つ目は、牧野の個人名で登録されているものだった。おそらく自宅のものである。

私はそれらの住所も控えた。

昨日のうちに、電話をしなかったのは相手の状況をつかんでおきたかったからだ。何をすべきかを判断するには、最低限の情報が必要である。

わかったことは、板倉電子という会社が、本社も工場も含めて、監視されているということである。

しかも、監視しているのはひと組だけではない。かつて私がいた組織——松宮貿易も監視をしている。

松宮貿易の連中は、私よりは情報をつかんでいる筈だ。そして、私——加賀哲が動き回っていることも知ったろう。

あとは彼らの出方次第である。

私がしなくてはならぬのは、牧野本人に連絡をとることであった。

牧野の自宅に電話をかけた。

午前九時三十分という時間は、経営者にとって、出勤直前か、直後である。いずれにしても家人が全く不在という時間帯ではない。

二度鳴らすと相手が出た。

「牧野でございます」

落ちついた女性の声がこたえた。

「御主人をお願いしたいのですが」

「ただいまお出かけでございますか」

「会社の方でらっしゃいます」

「いえ、御出張とうかがっております」

牧野の夫人ではないようだ。

「奥様はいらっしゃいますか」

「はい、あの失礼ですが」

「加賀と申します」

「お待ち下さい」

オルゴールが鳴りつづけ、「ローレライ」の緩慢なメロディに苛《いら》だちを覚え始めた頃、相手が受話器をとりあげた。

「はい」

「奥さんでいらっしゃいますか。私、牧野さんの古い友人で加賀と申します。実は、牧野さんにお目にかかりたいと思っているのですが……」

「今、どちらにいらっしゃいます？」

「松山市内のホテルです」

わずかに躊躇したが、本当の答をいった。

ホテルをかえることはいつでもできる。それに待ち伏せをしようとする相手は、常に予期せぬ場所を選ぶものだ。

その点、こちらの居場所を第三者に明かした以上、このホテルは、私にとって予期する場所となる。

「ホテルでお待ち下さい。迎えの者をさしむけますので」

「承知しました」

「では……」

沈むような声音は、若い。最初に取り継いだ女性よりは、はるかに若い女性のものだった。しかも、かすかに聞き覚えのある声であった。

詳しい素姓も、訪ねようという私の理由も、牧野の妻は問わなかった。

あるいは牧野から、私が現われることを聞かされていたのだろうか。それとも、これは何かの罠か。

だが、私には罠をかけられる心当たりはない。一昨日《おととい》の夜、駐車場で襲われたときも心当たりはなかった。

どうやら、私以外の関係者はみな、私のことを知っているようだ。

二人の偽捜査官も、雪と名乗った若く魅力的な女性も。

皮肉な気分でシャワーを浴び、さっぱりとした夏物の淡いブルーのスーツに白のシャツ、ネクタイをしめた。持参したスーツは、きのう着てきたグレイと、この二着だけである。シャツをホテルのクリーニングに出し、ルームサービスでコーヒーを頼んだ。

松山は観光都市であり、周囲は温泉に恵まれている。訪れるのは初めてではないが、ゆっくりと観光を楽しんだことはなかった。

四国に飛んで一夜を過したが、私にはそういったものに目をむける余裕はなかった。牧野が無事で、しかも彼の危機が去ったならば、彼に四国を案内してもらうのもわるくはない。

さほどの期待はできなかった。

コーヒーを飲み終え、拳銃を身につけた。

電話をしてから一時間半後、ロビーに迎えの者が現われたと、フロントの人間が知らせをよこした。

スーツ・ケースにしまっておいた、送られてきたカセット・テープをとりだし上着のポケットにいれた。

牧野の妻に、私が四国にやってきた理由を問われた場合にのみ、見せるつもりであった。

階下に降りると、フロントの係がキィを受け取りながら、一人の男を示した。

「加賀さんでいらっしゃいますか」

三十二、三の若い男であった。どちらかといえば小柄だが、均整のとれた良い体をベージュのサマー・スーツで包んでいる。

髪をきちんと七・三になでつけ、スキを感じさせぬ物腰である。

名刺をさしだした。

「板倉電子株式会社・社長室長・白川秀雄」

社長室長という肩書きには若すぎるような気がしたが、社長の牧野が四十二という年齢なのだからそれほど異色人事というわけでもないのかもしれない。

それに、白川という男は確かに切れそうであった。

「こちらへ」

エレベーターを乗り換えて地下に降りた。

黒のトヨタ・センチュリーが、迎えの車であった。運転手はいない。白川本人がハンドルを握るようだ。

よく陽に焼けていて、頭脳ばかりではなく、肉体もきたえている様子である。

スマートな雰囲気と、言葉から地元の人間ではないように私には思われた。

「奥様は御自宅でお待ちです」

車に乗りこむと、白川は短くいって発車させた。宇和島市にまっすぐ向かうつもりらしい。

きのう私も走った国道を無言で走りつづける。

「この道は産業道路の役割も果たしているのですか」

私は後部席から訊ねた。

「そうですね。木材と、暮れになるとミカンを満載したトラック便がいっぱいに走り回ります。積みこぼれのミカンが道路に散乱し、それらを次々と車が踏みつぶしていくんで、オレンジ・ジュースで路面が染まるほどです」

私が質問すると、白川は愛想よく答えた。

「牧野社長とは古いお友達でらっしゃいますか」

ルームミラーで素早くこちらを見て、彼は訊ねた。

「そう、だね。昔、同じ仕事をしていて」

「貿易会社ですか」

私は白川の背中を見つめた。

「聞いていました?」

「いえ、以前貿易会社に勤めていらしたということだけうかがっております」

「そう」

私は短くいった。

「加賀さんは今も、その貿易会社にいらっしゃるんですか」

「いや、今は別の仕事をしているんです」

「東京で、ですか」

「いや。他の街でレストランをやっています」

「いいですね。私もやってみたいです」

「そんなに楽な仕事でもないよ。生活が不規則になるし、休みもなかなかとれない」

白川のうらやましそうな言葉に、私は答えた。白川の様子には不自然なところは全くなかった。そこで私はいった。

「牧野さんは、海外出張とかうかがったけど……」

「はい……」

はっきりしない返事が戻ってきた。

「どちらへ行かれたのかな」

「それは、奥様からうかがって下さい」

「あなたの立場からはいいづらい？」

「いえ」

再びミラーで私をうかがうと、白川は否定した。

「ただ、そういったことは奥様が御自分でお話になると思いますので」

「そう。じゃあ、会社のことを訊《き》いてもいいかな」

「どうぞ」

「何を作っているんですか」

「主に、輸出用の精密機器です。鉱物などの測定に使う、電子部品ですが」

「ほう」

「製品本体は、これといった性能があるわけではありません。ただ、コンピューターや、他の測定機械に組み合わせて、地層などの測定に使用するのです」

「従業員はどれぐらいいらっしゃるんですか」

「本社が約五十名、営業や総務関係です。それに生産部門は、工場のパート工員も含めると約百八十名ぐらいですか」

「短い間に、牧野さんはずい分大きな会社を作りあげたものだね。最近はずっと連絡がなかったので知らなかったが」

「会社設立当時に、社長がお取りになった特許がありまして、それが板倉電子をこんな短期間に発展させたのだと思います」

「それにしても四年間だからね」

私はつぶやいた。

五年前——私と牧野はお互いが望んだわけでもないのに、同時に松宮貿易を辞めていた。

辞めたのには、無論、理由がある。

私は今でも、あの後、松宮貿易に留《とど》まることが可能であっただろうかと考えることがあった。

私が過去の仕事に訣別を告げざるを得なくなった理由こそが、私にとって大きな疑問として残っているのだ。

その答を知る者を、私は何としても見つけ出したかった。松宮貿易を去ってのち、私は東京で一年間、その答を見つけるべく努力した。

その間、私の味方は一人もいなかった。それどころか、松宮貿易は、私を抹殺しようと試みたのである。

一年間の暗闘生活に疲れきった私は、美里を伴って、美里の故郷である街に去ったのだ。

こうして疑問は解けぬまま、残された。

それは、何者かの陰謀によって仕組まれた罠であった。

罠は余りにも巧妙で、完璧に私をおとしいれていた。

牧野も、同じ犠牲者であった。

そして、彼は私が松宮貿易を去る際、私をとどめようとした。

その結果、胸部に拳銃弾を射《う》ちこまれ、ひん死の重傷を負った。

私が高い危険を犯して、連れださなければ、彼はおそらく生きてはいなかったにちがいない。

裏切り者。

罠によって、私はその烙印《らくいん》を押されたのであった。

「到着しました」

車を止めると白川がふり返った。私が黙りこんでしまったので、仕方なく無言で運転を続けていたようだ。

開けられたドアをくぐると、聞き覚えのあるメロディがサイレンで流れた。街全体に流れているようだ。

「昼ですね。一日四回、午前中が六時と十二時、午後が六時と九時に、宇和島城で、あのサイレンを鳴らすんです」

白川が笑みを浮かべていった。

「どうぞ、こちらへ」

二階建ての、驚くほど瀟洒《しょうしゃ》な邸宅の前に、車は駐車されていた。建物の背後は山で、とっつきに闘牛場が見える。

冷房のきいた車内を出ると、激しい陽ざしが首すじを射た。

黒い金属製の門をくぐって私は邸内に入った。あたりは、住宅街というほどではないから五百坪以上はある、この家は非常に目立つ存在である筈だ。

植えこまれた芝生を見て、作られてからそう時間の経過がないことがわかった。一年か、一年半ぐらい前に新築された屋敷にちがいない。建物も、純白で輝いていた。

東京の高級住宅街にあってもいささかの遜色《そんしょく》も感じさせぬであろう。

門柱のインタホンを無視して、白川は玄関まで来ると、木製のドアをノックした。おそらく到着していたことを知っていたにちがいない。扉はすぐ内側に開いた。

「どうぞ、お待ちしておりました」

若い女が私達を迎えた。

邸内の冷えた空気が私の体を包んだ。

彼女は、緑と赤の木綿のワンピースを着ていた。扉を支えた、白い手首に緑の石をつないだブレスレットをはめている。

「加賀さん、奥様です」

白川がいい、私は面を上げた牧野の妻と向かいあった。

「いらしたんですね、やはり……」

雪はいった。

5

「あなたには、いろいろと教えていただくべきことが多いようだ」

案内された応接間に腰をおちつけると、私はいった。

むかいに腰をおろした雪は笑みをうかべた。それは、弱々しいものだった。

「何からお話すればよろしいでしょう」

私は彼女を見つめた。

白川は、私と一緒に邸内にはいったが、応接間にはいなかった。

二十畳近い広さでありながら、不必要な装飾をさけた、贅沢な部屋である。

センター・テーブルと、四点のソファを別にすれば、置物らしいものもなく、唯、時計と絵が壁を飾っているだけだ。

「すべてを。私を御存知である以上、牧野が現在、どこで何をしているか。そして、それは何のためなのかを……」

雪の面から笑みが消えた。

しばらくの間、部屋を空調機の軽い唸《うな》りだけが満たしていた。

ノックに次いでドアが開き、中年の婦人が盆を持って現われた。冷えた麦茶のはいったグラスがセンター・テーブルにならべられる。

婦人が姿を消すのを待って、雪は口をひらいた。

「主人は行方不明なんです」

「いつからですか」

「一週間ほど前から」

「すると、あのテープは」

「行方が知れなくなったのは、一週間前の土曜日の朝でした。金曜の夜遅く、主人は帰宅しましたが、そのまま書斎にこもり、わたしが朝、目をさましたときには書斎のデスクの上に封筒にいれられたあのテープがおかれていたんです」

「あなたはそのテープの内容を聞かれた？」

「はい、封がされていませんでしたから。唯、宛名はすでに書きこまれていましたが」

「他になにか書き置きのようなものは？」

「いいえ」

雪は首を振った。膝を組み、両手をその上で握っていた。

私は立ちあがった。雪の背後に大きな窓があり、芝生や植え込みが見えた。

庭に人影はなかった。

「私の住所はどこから」

「お名前をテープで知り、主人の住所録で調べたんです」

私は雪をふりかえった。牧野に自分の現住所や仕事を知らせたことはなかった。東京を去ってのち、私は過去とはすべてのつながりを断つべく試みてきた。

だが、牧野すら私の現状を知っていたという結果である。本名を捨てるべきだった。

私は唇をかみたい気持でいた。

「警察には連絡したのですか」

「いいえ。テープの内容に何となくためらいまして……」

「雪さん」

あなたはここ数日、監視を受けていなかったか、と問いかけて私はやめた。

「御主人の失踪のことはどなたかに相談されました?」

「社の方には、何とかいっておかなければなりませんでした。会社が小さくとも、いえ小さいからこそ何らかの処置をとらなければならないと思ったものですから」

「あの白川という青年は?」

「彼は、事情を知っています。白川さんにお願いして会社の方を処置していただいたのです。取引先などには主人の失踪を伏せておかなければなりませんから」

「では彼以外の会社の人は?」

「一部をのぞいては知らせておりません」

私は、腰をおろして雪を見つめた。この若さと、女性であることを考慮するなら、彼女は完璧に近い態度で、事態を処理したようだ。

「失踪の理由は御存知ですか」

「ええ」

私は眉を動かすだけでとどめた。小さな驚きが身体《からだ》を駆けた。

「ドライブしましょうか」

私は突然いった。

雪が驚いたように顔をあげた。

「できれば、このあたりを案内していただきたい。車はお持ちですか。あの、白川という青年の運転してきたセンチュリーの他に」

「あの、私の車がありますけど」

「けっこうです。乗せていただきましょう」

雪の車は、濃紺のアウディだった。邸内の駐車場で私達二人は乗りこんだ。

「驚いたようですね。詳しい話をうかがうのはこっちの方がいいと思いましてね」

車が宇和島市内を走り出すと私はいった。

「会社の方には近づかないで下さい。そう、西海鹿島の方にでも行きましょうか」

雪はちらりと私を見た。

「このあたりは御存知ないと思っていましたわ」

「ほとんどね。地図で覚えた地名です」

「会社に近づくなというのは、どんな意味がありますの」

度付きのサングラス――ヨーロッパ製である。顔の三分の一を被う代物を、雪はかけて車をあやつった。慣れている。

「あなたの、理由を聞いてからにしましょう。答えるのは」

「想像がつきますわ。会社も、あの家も誰かに見張られているのじゃありません？」

私は、ルームミラーを自分の方角に曲げた。雪の問いには答えず、数分間そのままにしておいた。

尾行車とおぼしき車には気づかなかった。

「板倉電子という会社を主人がおこしたのは四年前です。当初は、小さな部品メーカーでしたが、幾つか主人がパテントを取ったことにより、このように発展したんです」

雪は、私の態度にはかまわず話し始めた。

松宮貿易にいた当時も、牧野の専門は電子工学であった。主に、盗聴工作が彼の仕事であったのを私は思いだした。

「御主人の失踪は、彼の発明に何か関係のあることなのですか」

「多分、そうだと思います。私は最初……」

「最初？」

雪はしばらく間をおいた。車は国道五六号を南下している。やがて、長いトンネルに入った。

「他に恋人ができたのか、とも思いました」

「牧野に、ですか」

私は問い返した。オレンジ色の灯《ひ》に染まった、雪の面が小さく上下した。

東京にいた当時から、私は牧野の私生活を知らなかった。家族構成、配偶者の有無、私宅の電話番号すら、同僚のプライバシーを知ることは許されない。

すべてを把握しているのは社長ただ一人であった。

私が知っていた牧野は、頭髪の薄い、長身の優男《やさおとこ》で口の重たい学者肌の人物である。

雪のような若くて美しい妻を、得ていたことも驚きであった。

「それらしいことが以前にもあったのですか」

車がトンネルを出た。さしこんできた光に雪は小さく吐息した。細めた目を、私は魅力あるものに感じた。

私の問いに答えぬまま、信号で停車したとき、雪は小さなバッグに手をのばした。破った封を、もう一度閉じたロングケントの袋を取り出すと、自然な仕草で一本とりだして口にした。

私は信号が依然赤なのを確認して、ライターをさしだしてやった。

「すいません」

最初の煙を吸いこむとき、雪の眉根にうすい皺《しわ》がよった。

信号が変わり、雪は煙草をはさんだ手でシフトをニュートラルからドライブに動かした。

心もち首を左にまげ、煙を吐き出す。ふうっという音を聞いたような気がした。

「加賀さんは独身でらっしゃいます?」

「今は」

「以前は?」

「事故でなくしました。子供はいませんでした」

雪の顎が少しひきしまったように見えた。

「御免なさい」

「いや。それより、訊きにくいことですが……」

「月に二、三度、外泊することがありました」

「そんなに」

「ええ、仕事で東京に行っているときもあったと思いますが……」

「詳しく訊ねなかったのですか」

雪はちらりと私を見た。

「ええ」

「結婚したのは、確か四年前でしたね」

「御存知でしたの」

四年前、美里の実家あてに、一葉の絵葉書が送られてきたことがあった。彼女の実家の住所だけは、私は東京で牧野と別れる際に教えておいたのだった。

絵葉書はローマからであり、結婚し、新婚旅行の過程であるという短信と共に、「M」という署名があった。

「ローマから葉書を貰《もら》いました」

雪は灰皿にケントを押しこむと、右のウィンカーを出し、素早く軽トラックを追い越した。標識は追い越し禁止を指示している。

「見合い結婚ではありませんでした。私達」

私は無言で雪を見つめた。

「主人が初めて、この街に来て板倉電子を起こしたとき、私は求人広告に応じてあの人の秘書をつとめたんです。板倉電子という社名は、私の旧姓を取ってつけたのですわ」

「あなたの旧姓を？」

「ええ。名義上は、私も社長の牧野につぐ株主になっています」

「では会社の発足と結婚は同時期に？」

雪は頷いた。

「どうして失踪を、その、他の女性に関係しているものではないと考えたのですか」

「あのテープを聞いたこと、そして、この一週間というもの、会社や工場を見張っている者がいると教えられたからですわ」

「誰に？」

「白川さんです」

「彼はどうして気づいたのだろう」

「主人の居所を知ろうとして、おかしな電話をよこしたりする人がいたようなんです」

「おかしな電話？」

「ええ、何か内閣の公安調査官だと名乗ったそうです」

「内閣と、公安調査官は別の組織です」

「ええ。白川さんもそう言いましたわ」

私の店までやって来た男達。そして、深夜の駐車場もお好みの連中だ。

「牧野の発明とは、一体何なのですか」

「私も知りません。ただ、ずっと主人がひとりで研究、開発していたもののようです」

「会社か工場の人に訊けば、わかるかな」

「多分、駄目でしょう。白川さんにもお願いして調べていただいたのですが……」

「なぜ、それが失踪に関係あると?」

「主人は失踪するまでの半年間、殆《ほとん》ど毎日、工場の研究室に通っていました。大分以前から、少しずつ開発してきた作品が大詰めだといって……。その内容については、何も教えてはもらえませんでしたし、訊いたこともありませんでした」

よほど画期的な発明だったのであろうか。

大学の工学研究所でもない、民間の、それも町工場に毛の生えた程度の研究室で、犯罪にもつながりかねぬような大発明が、なされるものかどうか、私には疑問であった。

「その開発には、誰か助手を使っていました?」

「いえ。ひとりだと聞いています」

「すると、牧野が失踪したのは、その作品が完成したからなのでしょうね」

「どうしてですの」

「牧野が誘拐されたのか、自分の意志で失踪したのかはわかりません。しかし、作品が完成しなければ、意味のないことだ。どちらにしても、工場やお宅にはそれらしいものは残されて……」

「いませんでした」

私は牧野から送られてきたテープの内容を思いかえした。

牧野は、

「監視されている」そして、「大変、危険なのだ」といった。

「失踪する前、特に直前など、何かおかしなことはありませんでしたか」

「おかしなこと、たとえば脅迫のような?」

頭の鋭い女性である。アカの他人の身ならばともかく、自分の配偶者にふりかかった事態を、かなり冷静に分析している。

「そうです」

「私もずっと、それを考えていました。けれども、行方のわからなくなった土曜の朝までそれらしいことは何もありませんでしたわ」

「だが、牧野は、自分の身が危険であることを知っていた」

「テープにも、確かそのようなことを……」

「いっていましたね。つまり、牧野本人は、監視されていることを知っていたのだ。

それも大変、身近な人物に」

私は口を切った。

車は、五六号を西に折れ、海を見おろす有料道路に入った。休暇期間中のせいか、道はこんでいる。

有料道路の名は「西海スカイライン」となっていた。

牧野の監視が身近な人物によるものであったことは間違いない。なぜならば、彼の作品が完成した時期を知る術《すべ》がないからだ。

ただし、これは牧野が誘拐された場合である。

私は、板倉電子本社と、工場を監視していた三台の車を思った。あの監視者達が、偽捜査官の男達と同じグループに属するならば、彼らは牧野の行方を知らない。

二人組の男が私を襲ったのは、牧野の居所を吐かそうとしたからではなかったのか。

そして監視者達の目的も牧野と、彼の発明品にあるのか。

そうなれば、牧野の失踪は、自らの意志によるものか、他の第三者によるものの、いずれかである。

あの救いをもとめるテープの切れ方は、普通ではない。異常な事態が録音中の牧野の身に起きたことを示している。

スカイラインを抜けると、コンクリートをしきつめた船着場であった。十台を越す車が駐車されている。

第三者が、松宮貿易である可能性はどうであろうか。

皆無とはいえない。しかし、松宮貿易ならば、牧野は全くちがった内容を私に伝えてきたはずである。

松宮貿易が牧野を誘拐する可能性はある。

しかし、松宮貿易までが、どうして牧野の発明を知ったのか。

雪は、並列駐車のすきまに車をすべりこませるとエンジンを切った。

「私を疑っていらっしゃるの」

ハンドバッグから再び煙草をとりだしながら雪は訊ねた。

「私には、現在牧野がどんな状態にいるのか想像もつかない。もし、彼のいうように危険な立場にいるのだとすれば、何とかしてやりたいと思います」

「昔の同僚のよしみで……」

探るような視線を、煙を吐きながらよこした。

「聡明な女性ですね」

「私のことですか」

「そう」

「ありがとう」

「しかし、不明な点もある」

「何でしょう」

「第一に、あなたはなぜ、私に会いにきたのか。おそらくは飛行機で、それも切符は簡単には手に入らなかったにちがいない。しかも、私に、四国へ来ることをとどめようとした。御主人である、牧野が危険であると思われるような状況にもかかわらず」

「第二は？」

「あなたは、求人広告に応じて牧野の秘書をつとめたといった。しかし、あなたがずっと四国にいたとは思えない。こういっては何だが、あなたは洗練されすぎている」

雪は煙草をはさんだ指先で軽くハンドルを叩いた。

「私も教えていただきたいことがありますわ。あなたと牧野は、以前、そう五年前かしら、牧野が四国に現われる前、東京にいた頃です。何をなすっていたの」

「牧野から聞くことはなかったのですか」

「ええ。話してくれようとしたことは一度も。ただ、あの人は、大変なお金を持っていました。二億から三億に近い金額です。私はそれを最初、不正な手段で手にしたものではないかと疑ったほどです」

「なるほど」

「あのテープに出てきた『東京』というのは何を意味するのですか。牧野は『抵抗したから前の仕事に気づかれたかもしれない』といっていましたわね。一体、どんな意味でしょう」

「気になるでしょうね」

「お訊ねする機会があるとすれば、今しかありません」

「先に、私の質問に答えていただけますか。なぜ、私の住む街までやって来たのですか。それも、私を止めるために。もし、私に来て欲しくないのならば、あのテープを投函せねばよかったのだ」

「恐《こわ》かったからです」

雪はポツリといった。

「主人が、何か大変なことに捲きこまれていることはわかりました。警察に届けることはためらってても、誰かに援助を頼まずにはいられませんでした。でも、あのテープを送ってから、また恐くなったのです。今度は、過去をまったく知らない夫が、一体、何者であったのかという不安でした。とてつもない大金を持って、ある日四国に現われ、今の会社をおこしたのです。以前、よほどのことがあったにちがいないと思ってはいました。そして、あのテープを聞いたとき、夫と、多分、共通の過去を持っている方として、加賀さんのことを知りました。あなたが、どんな人なのか、それも知りたくて、あなたの街に飛んだんです」

「それにしては、ずい分落ち着いていた」

雪は強《こわ》ばっていた面に、弱い笑みをうかべた。

「あなたのお顔を、ホテルのロビーで見た時、安心したんです。犯罪者——御免なさい——のような印象ではありませんでしたから。私、ずっと東京にいたんです。向こうの短大を卒業して、三年半ほど、国際線のスチュワーデスをしていました。それから結婚したのですが、そのときの相手とは離婚《わか》れました。そして、田舎のこちらに戻ってきていたんです」

彼女の話を嘘と断じる理由はなかった。といって真実と断ずる理由もない。

「お話しました。加賀さんの番です」

一台のパトカーがゆっくりと急カーブを折れて、船着場の駐車場に進入してきた。ゆっくりと確かめるように、二人の制服警官が、無人の駐車列をのぞいている。やがて、パトカーは、我々の乗る車の前にとまった。

二人の警官は車をおり、アウディの両側に立った。運転席側に立った警官が車内をのぞいた。

「申しわけありませんが、免許証と車検証、拝見できますか」

本物の警官である。刑事ものを十年、演じた役者ですら出せぬ、権威臭を身につけている。

雪は怪訝《けげん》な表情で、それでも言われたとおり、書類をさしだした。

「すいません、そちらの方、ちょっと車を降りていただけますか」

もう一人の巡査が制帽に軽く手を触れて、私にいった時、私は罠に気づいた。

うかつであった。完全に、彼らは私を目的にしていたのだ。

逃げるのは、愚かな行為である。彼らが本物の警官である以上、ここで逃げれば、私は本物の犯罪者になる。

簡単なボディ・チェックで、S&Wの九ミリは発見された。警官は声を荒げることもなく、私に手錠をはめると、パトカーの後部席へ押しこんだ。

「奥さんも、すいません、来ていただけますか。車は、ここにロックして置いておいて下さい」

「これは、どういうことなんです」

私の隣に乗せられた雪は、息を喘《あえ》がせていた。

「銃砲刀剣類不法所持の現行犯、ということなんです」

私は雪に話した。

「でも、でもどうして……」

私は苦い笑いをうかべるしかなかった。私が拳銃を持っていることを知る者は殆どいまい。

これは単なる密告じゃない。

パトカーが五六号を北上しはじめると、警官は無線で、私の逮捕を伝えた。

該当の被疑者を逮捕、アメリカ製自動拳銃を所持、逮捕に際し、抵抗はなし、以上。

パトカーは速度を上げ、サイレンを鳴らした。宇和島市内を抜ける。

「宇和島署じゃないんですか」

雪が訊ねると、助手席の警官が振り返った。

「県警本部です。奥さん。この被疑者を直々《じきじき》で取調べたいというお偉いさんが、本庁から来ておられるらしいので」

本庁とは驚きである。私はいつのまにか、重要指名手配の犯人にされていたようだ。

「奥さんは関係がない。なるべく早く拘束を解いてやって欲しい」

私はいった。

運転をしているのが、雪に免許証の提示を求めた若い方の巡査である。助手席に坐る方は、先の報告で、巡査長であることがわかっていた。四十歳を過ぎている。

「取調べの結果で決めることで、私の判断で決めることではない」

その巡査が体をねじって、こちらをふりむきいった。おそらく、拳銃不法所持ということで、かなり緊張して私に対処したのだが、私があっさり捕まったので拍子抜けしているのであろう。

パトカーは松山市の堀之内にある県警本部に横づけにされた。どうやら通用門を使ったらしい。比較的小さな、針金入りの窓のはまった出入口で、二人の刑事が私達を待っていた。おそらく、警察詰めの記者に気づかれぬ用心であろう。一人の刑事が、私の拳銃を巡査から受け取り慰労した。

「来て下さい」

言葉そのものは丁ねいだが、決して優しさを感じさせぬ調子で、その刑事は手錠をはめられた私を誘った。

冷たい、無力感を昇る者に与える階段を、二階分昇ると、捜査課や取調室の表示板の並んだ廊下に折れた。

雪も、今では無言で従っている。彼女には手錠がはめられていないことがせめてもの救いであった。

廊下では、初老の刑事と、婦人制服警官が待っていて、雪を、「第二取調室」と札の掲げられた部屋に連れこんだ。

廊下の正面には、鉄棒のはまった小窓があり、右手が第一取調室であり、左手が応接室となっていた。

前を歩く刑事は、廊下をつきあたるまで歩くと、左手のドアを開いた。

応接室である。

「連行いたしました」

私は背後の刑事に、ゆっくりと室内に押しやられた。

そこに待つ者の姿を、私はすでに予期していた。

五年振りに会う、かつての私の上司である。

松宮貿易社長――彼の本名はついに知らなかったが、正式な役職名だけは知っていた。

内閣調査室・保安担当特別分室長。

第二部　逐《お》われる者

五年前——東京

「関連情報は、本室の方で収集している。いちおう未確認なので外務省、表筋にはまだ通してはいない。ただ、各関係も動いているということは確かだ」

　松宮貿易東京本社で開かれた、営業本部会議が、私にとってはすべての発端であった。

　松宮貿易東京本社は、当時、霞が関の古いビルをオフィスにしていた。ビル全体が松宮貿易の所有物であり、当然、他企業はいっさいそのビルを使用してはいない。

「同様の情報は、公安調査庁でも捕捉されていたらしい。らしいというのは、うちと公安調査庁には横の連絡がないからだ。顧問の方からの知らせだ」

営業本部会議の議長は松宮社長がつとめる。社内にあっては、彼が最高責任者であり、上部組織とのパイプを果たしていた。

ただし、顧問と呼ばれる人物がそのパイプの先端に存在していて、ときに松宮貿易の方針を決定することもある。

これらの事実を知る者は社内ではごくわずかである。ありふれた比喩《ひゆ》であるが、この種の組織において右手のしていることを左手が知ることは、まずない。私が知らされていたのは、松宮社長が、私を信頼していたからである。無論、信頼といっても、それはほんのささやかな程度であり、前の年、ニューヨーク支社の汚染浄化に逡巡《しゅんじゅん》を示して以来、それすらもなくされていたようだ。

私が知る、社の最高秘密――このようなクラスづけは実際は無価値である――は、その顧問の立場である。

防衛庁統合幕僚会議の重要なメンバーであり、国防会議、国家公安委員会のオブザーバーというのがその立場である。彼の名も年齢も知らない。もちろん、会ったことはない。

「この種の情報はいってみれば、ネス湖の怪獣騒ぎのようなものだ。何年かに一度の割合で取沙汰《とりざた》される。だが、今回関係各機関が動き始めている以上、放置もできない。

あくまで噂ならば、噂でもよろしい。ただ、その出元をつきとめるべきだと思う」

松宮社長を含めて、その会議に出席していた者は七名。

上村という、私と同じ防諜工作セクションに所属する社員が質問した。彼は、五十歳、防衛庁制服組の出身である。

「社長、なぜ本室の仕事を我々が」

本室とはいうまでもなく、内閣調査室である。

「関係各機関の動きが今回は大きいこと、それにもうひとつ、この計画が東京――あるいは広義にいえば、日本で推進されているという疑いがあること、以上の二点だ」

三年以内に、中東のある産油国でクーデターがおきる。その推進者が東京でバック・アップする国の情報員と接触している、というのが情報の大まかな内容であった。

ただし、その国は、思想、宗教、その他の要因で、対立しあう派が四つ以上にわかれている。従って、どの派がクーデターをくわだてているかは全くの不明であった。

当時、その国は回教、王制国家だった。だが、キリスト教、共産主義の侵入が、国家の基盤を非常に危いものにしていたのだ。

「日本でクーデター計画が推進されているという情報の根拠は？」

会議室で、私の隣にすわっていた牧野が訊ねた。

「信用度の低い情報で、公安調査庁が拾ってきたものだ。第一野党の幹部が橋わたしをしている、というものだ。幹部の名前、その他はわかっていない。ここに集まった諸君は、最優先でこの件にあたるように。コードナンバーは本日の日付をとって、五二六。以上」

六人の社員は、二名一組のコンビネーションを組んだ。

三組の社員はそれぞれ、

○情報源の追及

○各関係（即《すなわ》ち、在日外国情報機関）の動向調査

○第一野党幹部の身辺調査

の任務を担当することになった。

私は牧野とチームになり、三番目の「第一野党幹部の身辺調査」にあたった。

牧野は盗聴工作にかかり、私は野党幹部のリスト製作、および彼らの背景調査である。

防諜工作の基本である。

松宮貿易には、その類《たぐい》の資料を整理するためのコンピューターが備えられ、警視庁のコンピューターともつながっている。それらの操作もすべて牧野がおこなった。

私は牧野の手を借りて、第一野党幹部二十六名の経歴をリスト・アップし、その中から特に中東諸国、石油関係に縁のある人間を、八名、ふるいだした。

三日後、第一組のチームが、問題の幹部は北海道出身である、という情報をもたらした。

北海道出身は二名。

牧野が早速、その二人の議員宿舎、事務所、東京での住居、愛人宅等に、盗聴器をしかけた。無論、我々の活動は極秘であったし、警察庁も具体的な内容は知らぬはずである。

私が狙いをしぼったのは、北海道出身、衆議院議員、党中央執行委員およびエネルギー対策委員会会長の、福地という男であった。

現在の一橋大学の出身であり、当時五十二歳、執行委員の中でもずばぬけて若い。実家は牧場を経営している。そして、何よりも彼の兄が、総合商社、M商事の石油輸入担当常務をしているという点が私の注目を惹いた。

もう一人の北海道出身者は、弁護士で元市長という経歴である。年齢的にも七十歳に達しようという人物で、福地にくらべれば、容疑はかなりうすい。

私と牧野は福地一本に目標をしぼった。福地は、東京、六本木のマンションに、林志津子という愛人を持っていた。

国会開会期間中でなくとも、参宮橋の東京宅か、六本木のマンションで過す期間が長い。その時点でも福地は、東京暮らしを続けていたし、我々のマークに気づいた様子はなかった。

盗聴工作から、いよいよ尾行を含む本格的な身辺調査に移ることを決定したのが会議から五日後であった。

第一組は、不特定多数の情報源に手を焼いていた。そして、第二組の、各関係情報機関担当と、合同チームを作った。

電話が鳴る直前、私は目をさましていた。

疲労していたし、眠りが浅かったせいもあるだろうが、何よりも予感がしたのだ。それが何の予感であるかはわからなかった。ただ、そういった予感は、仕事を通じて身についたものだった。

ベッドサイドの時計に目を向けながら、私の右手はマットレスの下に置いた拳銃にのびていた。

枕の下に拳銃をおくような真似はしない。

それほど、銃を身辺におく必要があるならば、当然、薬室には第一弾を装塡していなければ意味がないし、そうなれば寝返りをうった拍子に、銃が床に落ち暴発して我と我が身を射ち抜きかねない。

私は自分の寝相に自信はないし、手元におくべき銃がリボルバーではなくオートマティックであることからも、マットレスの下に入れることにしている。

住居は青山のアパートで、目抜きから非常に近い。万一、夜ふけに銃声がひびくようなことがあれば、ものの一分もかからぬうちに野次馬が集まるだろう。従って、私は銃声をひびかせたくないし、私を狙う者にとってもそれは好ましくないはずだ。

それがそのアパートを選んだ理由であった。

午前三時二十分。

私の予感は人の気配ではなく、電話に対するものだった。

最初のベルが鳴りおわらぬうちに、受話器をとった。

「五二六、松宮」

相手がいった。合言葉である。従事する作戦のコードナンバーと自分の名をつづける。

「五二六、加賀、了解」

もし、何者かに盗聴、あるいは、脅迫されている状況ならば、こちらは単に、

「はい、加賀です」と答える。

「タイラーが死体で見つかった。場所は、元麻布の墓地近く。すでにアメリカ大使館が遺体をひきとり、警察が現場検証を始めている。死因は交通事故死――ひき逃げと、射殺説のふた通りある」

「馬鹿な」

私は思わずつぶやいた。事故死ではなく、タイラーを殺した者がいたとするならば、どうしようもない愚か者である。

「タイラーをマークしていましたか」

私は訊ねた。

「いや、フロントだからな。CIAは、二組の米沢がやっていたが、おそらくマークしていなかったはずだ。米沢は横須賀にとんでいる」

「了解、どうします」

「本室の連中が、警視庁とコンタクトするはずだ。明日、本室の方に行ってみようかと思う」

「私も行きます」

そう答えると、松宮社長は電話を切った。

ルイス・タイラーは、アメリカ、商務省観光局職員の身分で滞日している。CIA（米中央情報局）の局員である。これを知らぬ、情報機関員は、資本主義陣営であろうと、共産主義陣営だろうと、おそらく一人もいないはずである。

彼を殺した者が愚かだと、私が思ったのは、彼がCIAであることを知る、どの国の情報機関員であろうと彼を殺すような真似はしないからだ。

タイラーがCIAであることを知っていれば、タイラーは、他の情報機関員にとって安全な存在なのだ。

彼は、いわば鈴のついた猫である。彼の動きには誰もが注目するし、警戒する。もし、彼が死ねば、別の人物が彼の任務をひきつぐ。

だが、それがどの人物かはわからなくなる。

タイラー自身も、そしてCIAも、彼が〝鈴のついた猫〟であることを知っていた。たとえ、そうであっても、情報機関員には、それなりの価値があるのだ。まして、CIAほどの大所帯になれば、その価値は決して低くはない。

無論、日本にいるCIA局員が、タイラー一人の筈はないのだが、CIAであることがわかっている限り、彼を殺す必要は、どこの国の情報機関にも生じない。

外国で、情報機関員が暴力に訴える闘いをおこなうのは非常にまれである。戦闘があるとすれば、自国内での防諜工作に関連する場合のみである。殺人を犯せば、当然、司法機関も動くし、これは只《ただ》ではすまない。どうしても、誰かを殺す必要が生じるとすれば、情報機関では、その矛先《ほこさき》を味方にもってゆく。

すなわち、トカゲの尻尾《しっぽ》である。いうまでもなく射殺、などという派手な殺し方はしない。事故、自殺に偽装する。

現在、各国情報機関で、過激な活動を行っているのは、臨戦体制の国家のものか、軍事政権下のものである。

問題になっている中東の国の情報機関も、過激な活動を行っている。

松宮が私に知らせをよこしたのは、そのためであった。

仮に、クーデターを推進する者のバック・アップをＣＩＡがやっていて、表向き《フロント》のコンタクトをタイラーが果たしていたとすれば、その暗殺もありえなくはないわけだ。

だが、そんな任務をタイラーが担当するはずがなかった。

私は、衣服を身につけると、部屋を出た。

福地の盗聴工作のために、私と牧野は六本木にマンションの一室を借りていた。牧野がそこに詰めている。

何ら特殊装置のついていない、国産のセダンが駐車場にとめてある。ただし、盗難防止装置は別だ。

誰かが、ドアの鍵穴に針金をつっこんだり、ボンネットをこじあけようとすれば、凄まじい音で警告ブザーが鳴る。

夏の訪れを、私のような人間にも告げる、むし暑い晩だった。

国道二四六号線では、いつ終わるとも知れぬ道路工事がその夜も行われ、緑の表示ランプを点《つ》けたタクシーが疾走している。

路面補強鉄板の上をタイヤが回る。無気味な振動音におびやかされながら、私は六本木に向かった。

高い湿度の空気の中に、決して眠らぬ街のネオンが放射されていた。

それは時に、媚《こ》びているようにも見え、時に冷酷に見下す瞬《まばた》きのように見える。

インタホンで問答ののち、牧野が鍵とチェーンロックを解き、私は室内に入った。

ユニット・タイプの一ＤＫである。私生活をあらわすものは何もおかない。

煙草の吸殻すら、私が定期的に訪れ、処理している。

牧野は、身長一七八センチ、当時三十七歳で、すでに髪はかなり後方に後退していた。

メタル・フレームの眼鏡をかけ、華奢《きゃしゃ》な雰囲気を持っている。

早稲田の理工学部から科警研を経て、松宮貿易に来た人物だった。

明るいグレイのパジャマを身につけていて、右手に握っていた拳銃を部屋のすみに置いたスーツ・ケースに戻しながら訊ねた。

「どうしたんだ、いきなり」

「タイラーが死んだ。盗聴に何か、変化は？」

眼鏡の奥で眉が上がった。

「いや、何もない」

「室内も盗聴している？」

「している。福地一本にしぼってからは、電話も居住空間もぴったりマークしている。FM盗聴器ではないから、気づかれたはずはない」

この数日、福地は六本木の愛人宅にずっと泊まっている。

「死体が見つかったのは、元麻布。死因はまだはっきりとした情報をつかんではいない」

部屋の中央に、二台のオープンリール・デッキ、一台のカセット・デッキ、アンプ類がおかれている。

「電話で、それらしい指示を出したこともない？」

「ない」

オープンリールは一台が、電話、もう一台が室内盗聴用である。

「編集したものがそこにある。持っていって聞いてみるか」

「いや、いい」

私は首をふった。

「明日、本室の方に社長と行って情報を取ってから、また寄る」

牧野は無言で頷いた。

今までのところ、福地の容疑を裏づける盗聴テープは一本もとれていなかった。


翌朝、私は松宮社長と、永田町の内閣調査室に出向いた。

副室長の梶井と、公安調査庁の調査第一部次長、それに警視庁公安部外事課の欧米第一課長が連絡会議を開く予定だった。

我々は会議には参加しない。ただし、会議室を透視する部屋で、会議内容を聞くつもりであった。

午前十一時、会議が始まった。

まず、欧米第一課長が報告した。

「ルイス・タイラーの死体は、今朝、午前二時四十分頃、警ら中の巡査に発見されました。服装は、茶の背広上下に、ピンクのシャツ、ネクタイ。現場の墓地で、墓石によりかかるように倒れていました。現場写真です。

巡査の通報で、警視庁捜査第一課と、外事課員が現場におもむき、アメリカ大使館に連絡するとともに、外見による死因推定をいたしました。死因は、射殺であります。現場を調査いたしましたところ、タイラーの左胸部を貫通したとみられる、七・六五ミリ口径の拳銃弾を一発、発見いたしました。鑑識医の所見では、接射に近い状況で二発が左胸部に射ちこまれており、その一発と思われます。弾頭は、かなり破損しており、ライフル・マークの検出は不可能でした。尚、遺体は、一旦、警察病院に運ばれましたが、すぐにアメリカ大使館がひきとりを申し出、司法解剖を行うに至っておりません」

外事課長の報告が終わると、公安調査庁の調査第一部次長がひきついだ。

「死亡したルイス・タイラーは一九六八年、アメリカ商務省観光局総務部次長として来日して以来ずっと東京に居住していました。年齢は今年四十八歳になります。ただし、観光局職員の身分は面向きで、実際はＣＩＡ、アジア一課の情報員であることは、在日情報機関では周知の事実であります。いわば、渉外担当の情報員としての、通称フロント（ヽヽヽ）と呼ばれる存在でした。東京に来る前には、ソウルにいたことが確認されています。現在、タイラーがＣＩＡ局員としては、どのような任務についていたかを割り出しています」

「タイラーに恨みを抱いていた人物がいたかどうかを訊いて下さい」

私は松宮社長にいった。

松宮社長は私を見すえた。推定年齢五十八歳、一見すればおだやかで、目だたぬ白髪の紳士である。

手元の内線電話を松宮社長が取ると、梶井副室長のデスクの上の電話が鳴った。

梶井が私の質問を、公安調査庁の次長に向けた。

「現在までのところでは、一九六九年、来日の直後に朝鮮民主主義人民共和国の非合法工作員が、ソウルでのタイラーの任務に関連して一度だけ、暗殺を計画したことが記録されています。しかし、警視庁がこれを未遂に終わらせました。以後、その類の事実はありません」

「現在の任務内容がわかるのはいつごろだ？」

梶井が訊ねた。

「数日以内、だと思われます」

「警視庁では現在、目撃者割り出しと、前夜のタイラーの動きを捜査中です」

「それから、調査第一部次長、このタイラーの一件と中東のクーデター計画の関連性について調査をして欲しい。特に、あの国の在日情報部の機関員の動きを報告するように」

　梶井がいった。

「現在のところ、あの国の在日情報機関は、公安調査庁が捕捉した限りではふたつです。ひとつは、陸軍情報部で、駐在武官が統轄しております。もうひとつは、秘密警察局で、主に自国の外交官の監視が任務です」

　公安調査庁の次長が答えた。

「陸軍情報部のメンバーはどの程度割れているのか訊いてみて下さい」

　私は言った。

　梶井が電話を受けて、訊ねると次長が答えた。

「今のところ、アサド中佐一名です」

「うちの方が多い。アサドの他に二人、割ってます、正体を」

私は松宮社長にいった。無論、公安調査庁が教えてもらえることはない。

会議はそれから十分で終了した。松宮社長は梶井と打ち合わせに残り、私は一組、二組との経営会議に出席するために、霞が関の松宮貿易に向かった。

「こちらに割れているＣＩＡ局員は、タイラーが殺されてからもこれといった動きをしていない」

上村がいった。

「八人だったたな、タイラーを含めて、こちらに正体が割れていたのは」

原という、ハワイ生まれの営業部員がいった。三十一歳、最年少のメンバーである。操船、スキューバ・ダイビングのエキスパートだ。

「うち、タイラーのようなフロントは二人、あとはリヴァースだ。フロントの三名は、おそらくどこの国の連中も知っているだろう」

「動きがないのは、自分達で消したからじゃないか」

原が、マールボロをくわえながらつぶやいた。長身で焼けていて、ヨット・パーカが似合う。だが、目の光は、例のないほど冷たい。

外見は日本人でも、育ったのが外国のせいか、どこか途方もない冷酷さを秘めているような雰囲気だ。

「いや、それはちがうな。射殺などという垢ぬけない真似をＣＩＡがするはずがない。八人が八人とも動いていないのか?」

私は上村に訊ねた。

「横須賀に行っていた米沢の話だと、一人、ベース内で動きをつかまれていない奴がいるらしい。ただし、そいつはタイラーが殺《や》られる前からベースの方に出張していた。面向きは、海軍の兵士が本国の家族に、どの程度の頻度で手紙を書くかというアンケートをとりにいっているらしい」

ささやかな笑いが洩れた。この会議には、横須賀に出張している米沢と、牧野だけが出席していない。

「五二六の件に戻って、例の国の情報機関の方はどうだ?」

私は訊ねた。

「陸軍情報部のアサド以下、こっちに割れている三人は静かなもんだ。だが一件の噂は耳に入っているらしい。秘密警察局の連中が、東京にいるフリーの連中を使って情報集めにやっきになっている」

どんな情報機関にも下請けはある。それは、たいてい、訓練を受けたものの、永続きせずにクビになったような、各国の下級工作員や情報屋を兼ねる不良外人達である。

彼らは、横のつながりを持っていても、組織はくまない。いわば、金次第でどちらにもなびく、フリー・ランサーである。

「T・F・Eの動きをもっとしぼるように、経理部にいっておこう」

上村がいった。

経理部は、専《もっぱ》ら在日情報機関の監視、内偵を業務にしている。

T・F・E——トレーディング・ファー・イーストは赤坂に支社をおく、米国の事務機械輸入商社である。と同時に、数年にわたる、我々の調査の結果、CIAの非合法工作員の何名かが社員として所属していることが判明していた。

タイラーを殺した人物・組織がある程度割れてくればT・F・Eが動きを開始することはまちがいない。

「T・F・Eのどいつが工作員なのか、わからなかったが、今度の一件は良い機会になるかもしれない」

「福地の方はどうだ？」

「駄目だ。さっぱり証拠を握れない。盗聴の方も成果はあがらない。兄貴の方を洗ってみようと思っている」

「例のM社の常務か」

「そうだ。特別チームを率いていて、オフィスを確か、あの国にも構えていたはずだ」

「Mは確か、小会社に重火器を生産させていたな。自衛隊に納品している……」

「ああ、ベルギーのB社とも技術提携している。国産火器は、皆、B社のパテントをコピーしたものだ」

私は、資料部に内線電話をつながせて、M社の重火器生産企業と、B社の資料を持ってくるよう命じた。

「もし、あの国でクーデターがおきるとすれば革命軍に渡る、火器はどこの製品かということだな」

「日本国産はまず、ありえないとしても、だ。B社のものをMの現地支社が売りつける可能性はある」

上村は、防衛庁制服組出身だけあって、火器には詳しい。私は訊ねた。

「B社の製品で七・六五ミリ口径の拳銃はあるか」

「ある。代表的な製品だ。壊れにくく、量産しやすい部品体系をしていて、簡単な部品交換で二十二口径にもかえられる。オートマティックで、サイレンサーもかなりの数が販売普及されている」

「現場で薬莢《やっきょう》は？」

原が訊ねた。

「見つからなかったようだ」

オートマティック・タイプの拳銃の場合、発射と同時に、薬莢は排莢される。薬室に、ガス圧によって次弾を装塡する、自動的なメカニズムだ。犯人は二発射った後、薬莢は拾っていったのであろう。

その日、二度目の会議をすますと、私は六本木のマンションに車を向けた。

一組は当面、例の国の情報部の動きをマークすることになった。二組は、CIAをも含めた、各国機関の動きと、情報源追及である。

牧野の籠城《ろうじょう》は六日目を迎えていた。だが、福地の盗聴からは思わしい成果を得られてはいない。

「下部工作員が欲しいところだな」

ヒゲののびた顔を、首都高速三号線を見下ろす窓にむけて、牧野が低くいった。

疲れていない筈はないのだ。私は黙って、彼のかたわらに立った。

窓に、ぽつりぽつりと水滴が付着し、点《とも》りはじめたネオンをぼやけさせている。宵闇がせまっていた。

「雨か。一日中、窓を見てると、天気の動きに敏感になるよ。梅雨前線の尖兵かな……」

牧野は、ショート・ピースの缶を開いていった。指が黄色に染まっている。

「下部工作員を増やせば、汚染しやすくなる。松宮社長の考え方だな」

「ニューヨーク、寒かったろう」

牧野が私の方を振りむいていった。

「ああ、寒かったよ。特に葬儀の日は」

私はつぶやいた。私のすべき浄化業務を、東京から派遣され、代行したのは、ハワイ生まれの原だった。

「あいつは若いな」

牧野がいった。原のことのようだった。

「恐怖がない。狙ったことはあっても、狙われたことがないからだ。早死にするかもしれない、もし防諜セクションに移ってきたなら」

そう続けた。

「死ねば、社長が代わりを見つけてくる。いくらでもとりかえがきくんだ。これからは、あの男のようなメンバーがどんどん増えてゆくだろう」

牧野は煙草を、灰皿がわりの缶に押しつけた。左手に缶を持っていて、煙の立っているうちにフタをする。

皮肉を感じさせる目つきで私を見た。

「淘汰《とうた》されてゆく？」

私は答えなかった。ニューヨークの墓地で出会った、ユダヤ人の言葉を忘れることができずにいたのだ。

私達のボスよりも、むしろ、適応できないのは、私のような人間ではないだろうか。前線に身をさらすのは、松宮のようなヘッドではない。部品である。

情報機関員にも世代交代が訪れつつある。

私と原はそう年齢がちがうわけではない。しかし、タイプは全くちがう。ヘッドにとって、どちらのタイプが使いやすいのか。

部品があくまで部品であることに徹しようとするならば、答は明白である。

「社長はできることなら、もう一度、中野学校を作りたいだろうな」

牧野がいった。

雨足が早くなった。

目白、学習院に近い、住宅街に福地の兄の邸宅はあった。邸宅といっても二百坪ぐらいである。正面の黒塗りの門は大きく開け放たれ、エンジンを始動したメルセデスが、当主の乗車を待っている。

北川直之、五十六歳、姓がちがうのは養子としてM社の前会長の姪《めい》の籍に入ったからである。出身大学は弟と同じ、現在の一橋大学、野党幹部と、総合商社役員の兄弟は、月に一度会うか会わぬかの交流程度ではあるが、二人共ひいきにしている銀座のクラブが一軒ある。

その朝、私は北川の出社直前に、彼の自宅近くに張りこんでいた。

容貌は、弟の方がむしろ商社役員にふさわしい肥満した貫禄を誇っているのに比べ、兄の北川は中肉で無駄のない体つきをしている。

体格だけを比べるならば、北川の方が若々しく見えるだろう。

愛人については確かな情報はない。どうやら決まった相手を持たぬのではないか、というのが私の下した結論であった。

八時五十分、北川はメルセデスの後部席に乗りこみ、出社路についた。

石油輸入担当常務の北川は、丸の内のM本社と、中東産油国四カ国に、自らが率いるプロジェクト・チームのオフィスを持っている。

Ｍ本社の保安チェックは、日本の企業でも一、二を争うきびしさである。内閣調査室本室の人間ならば、北川に面会を求めるのはさほど困難ではない。しかし、社内に盗聴装置をしかけたりするのは、特別分室の業務である。

だが、保安チェックの厳しさは、盗聴工作防止にもつながっている節もある。企業情報については、情報機関よりも、精通している人物がいる。私はその男を今までにも、防諜工作を通じて、幾度か利用したことがあった。

北川を乗せたメルセデスが、本社屋地下の駐車場ゲートに入ってゆくのを見届けると、私はその男のオフィスに車首をむけた。

「遠山企画・週刊〝関東経済〟」

ドアに白いアクリル板で表示された、赤坂のレジデンシャル・ホテルの一室である。

ドアを開くと、ダブル前の背広を着た、二人の男達が、いかつい体つきには似合わぬ、丁ねいな言葉で応対した。

「編集長は、まだ出社されておりませんが、どちら様でしょう」

「松宮貿易の加賀といいます。自宅の方にうかがってみよう」

私は名刺を出さずに、そう告げると部屋を出た。

同じレジデンシャル・ホテルの最上階に、三室をぶち抜きで借り、遠山和道は住んでいる。

一匹狼でも、組織につぶされずに生きぬく強《したた》かさと頭を身につけた、総会屋である。

私はエレベーターで最上階に昇ると、遠山の部屋をノックした。

「おや、加賀はん……」

下の者からすでに電話で連絡をうけていたのだろうが、遠山はとぼけた顔でドアを開いた。

白のシャツに光沢のあるグレイのスラックスをはいている。右手には、スーツの上着を持っていた。

「入んなはれ、下の喫茶室からコーヒーでもとりますさかい」

千葉県生まれで、静岡より西には住んだこともない男である。福地と同じ年ぐらいだが、恰幅《かっぷく》もよく、むしろ凄味《すごみ》を隠した顔つきをしている。

「松宮はん、お元気だっか」

洒落《しゃれ》た電話機を手にとって、受話器に埋めこまれたボタンを押しながら、遠山は訊ねた。

「自分で訊ねてみることだ。コーヒーを奢《おご》ってもらう前に、教えてほしいことがある」

「せっかちだんな――」

「M本社の常務、北川直之のことだ。知っている限り全部だ」

「ふん」

鼻息を吐いて、遠山は上着を、長椅子にかけ腰をおろした。

十二畳ほどのリビングは、自称独り者の住居にしては、驚くほど整頓されている。

私は、ゆっくりと遠山の向かいに腰をおろした。

「どうした？」

「北川は――不思議な男ですわ。どこの企業の重役も、その座に登りつめるまでは、真面目につとめてきます。趣味らしい、趣味も持たず、仕事ひと筋。囲碁だ、釣りだ、ゴルフだ、女だというのは、たいてい、それなりの地位についてから始めますな。本格的には、ね。ところが、北川には、そういうものはないんです。酒は少しは飲む、しかし、他の趣味はいっさいありません。あの男は仕事の鬼ですわ。入り婿《むこ》だから、押さえられているというものでもないらしい。どこか、人間離れしたところがありますな。私らでも、あの北川だけは、尻尾をつかまえられません。これは噂ですが、あの男は二十年、手元で使ってきた部下でも、平気でクビを切ったということです。つまらぬ女の噂を理由にね」

遠山の関西弁はすっかり消えていた。

「冷酷、ということか」

「冷酷というか、あれはマシンですな。コンピューターの化け物のような」

「家族に対してはどうだ」

「優等生ですな。子供はおりません。上から貰った女房は、石女《うまずめ》だという話です」

「当然、やり手ということか」

「そりゃ、もう。だが社長にはなれんですな。そういう器じゃない。ありゃ、昔の時代劇の台詞《せりふ》じゃないが、抜き身の刀ですよ。サヤってものを持たない。持てないんじゃなくて、ね」

コーヒーが届き、ウェイトレスが入ってくると、カップを並べた。心付けをいつも貰っているのだろう、愛想がいい。

彼女が立ち去ると、カップに砂糖とミルクをたっぷりいれながら、遠山がいった。

「加賀はん〝Wプラン〟のことでみえたのとちがいますか」

「Wプラン？」

「一昨年《おととし》、M社が極秘でたて、実行にうつさなかったプランです。うつさなかったというよりは、うつせなかったといって良い」

「どういうプランだ？」

「いや、私にはそれ以上はわかりません。当時、嗅《か》ぎつけた若い総会屋が一人いましたがね、刺されて死んじまったんですよ。どうも余程の計画らしいが、M社としては、絶対に社外には洩らしたくなかったらしい。その〝Wプラン〟の立案者が北川だったようです。

北川はともかく、他の役員がブルって計画には移されなかったらしいですがね」

「そいつは、もう調べられんか？」

「やってみてもいいですが……。何しろ、この〝Wプラン〟に関しては、カウンター・サイドのヤクザ共だけじゃなしに、アメリカのスパイがからんでいるらしくてね。ま、いってみりゃ幻の計画なんですわ。メデュウサみたいなもんでね、そいつを知れば消される」

「もし、何かわかったら連絡を頼む」

私はいって立ちあがった。遠山だけは、松宮貿易の正体を知っている。松宮社長と、長いつきあいらしい。

だが、たとえそうでも、松宮貿易にとって不利な存在になれば、社長は、彼を消す指令を出すであろう。

原のような男に。

そう思ったとき、気づいた。M本社の常務、北川と、松宮社長は同じタイプの男達なのかもしれない。

福地に対する盗聴工作は収穫のないまま、続けられていた。

タイラーを殺した犯人に関する手がかりは何も得るところはなかった。

ただ、殺された晩の足どりが警察によって明らかにされた。

六本木の会員制クラブに、午後十時頃、二人の男女と姿を現わしている。

その後、タイラーは一人で外出したが、女の方はしばらくその店でタイラーを待っていたというのだ。

しばらくして、男の身許《みもと》が割れた。北川の部下で、M本社のプロジェクト・チームの一人だった。

「ずっと、北川をマークしているようだが、何かひっかかることでもあるのかね」

松宮社長に呼び出され、訊ねられたのは、遠山のオフィスを訪ねてから二日後であった。

「〝Wプラン〟という奴がひっかかります。北川が正体をあらわさなくとも、彼の回りの人間を洗えば、何かつかめると思うのです」

私は答えた。

松宮は社長室の椅子を回転させて、雨模様の都心に目をむけた。

灰色の高層ビルが、間近に見える。

「陸軍情報部のアサド中佐が失踪した」

私は松宮を見つめた。

「二日前からだ。上村の報告では、自発的なものか、誘拐によるものかはわからんそうだ。ただ、秘密警察局の連中は、アサドの行方を追っている。かなり熱くなっているようだな」

「五二六と関係があるでしょうか」

「どう思う?」

松宮はふり返った。

「あるとすれば、タイラー殺しとも関係がある筈です」

「米沢の報告は、T・F・Eが動いているとのことだ。もし、タイラー殺しと五二六を両面から探れば、いつか彼らにぶつかるな」

「…………」

「相手も非合法工作員、こちらも面には出ない特別分室だ。面白いことになる」

「訓練の成果や、いかにということですか?」

私は皮肉をこめて訊ねた。だが、松宮はそれには答えずに続けた。

「昨日、顧問にお会いした。興味あることをいっておられた」

「興味あること――」

「そうだ。情報機関には、すべからくライバル、または天敵というやつが必要だそうだ」

「天敵?」

「力が均等であっては、これは天敵にはならない。昆虫などの場合はそうだが、天敵の生物は、攻撃する生物に対して圧倒的に強い。だが、それらの存在を支える、自然の法則の最も意味するところは、バランスなのだ。

もし、一種の生物、たとえばアブラムシが大量に発生したとする。すると今度は、アブラムシを食うその天敵、テントウムシも大量発生する。そのようにして自然界のバランス・シートは保たれている、というのだ。

情報機関においては、敵対する二つの組織のうち、どちらか片方が圧倒的に強大であるということはない。しかし、敵対する組織そのものは、絶対に存在せねばならんのだとおっしゃる。

さもなければ、その組織は肥大化し、やがて自滅することになるというのだ。現在のCIAがまさしくそうだ。

かつて、CIAとKGBが、ヨーロッパ、特にドイツを舞台に激しく闘っておった頃と、現在を比べれば、一目瞭然だという。CIAは暗部を暴かれ、マスコミに叩かれ、気息えんえんという有様ではないか。

情報機関にとって闘いつづける敵は、常に必要である。こういうことだ」

松宮が顧問の意見に感銘を受けたことは、まちがいがなかった。

私は答える言葉を持たなかった。無言で、社長室を出た。

アサド中佐の行方は不明だった。彼の国の在日大使館の秘密警察局のメンバーが総動員されて、アサドの行方を追っていると、上村が報告した。

アサドを捜している者は、他にもいた。CIAの非合法工作員である。彼らが行動をおこすのは、非常にまれである。

しかし、一度動きだせば、大使館内の本部とは全く別に、本国の本局の指令に基いて行動を続ける。なぜならば、T・F・Eの工作員は、粛清者も兼ねているからである。

私は、環状七号線を、一台の車を追って車を走らせていた。

その車には二人の男と一人の女が乗っている。三人ともM社の社員で、女は、タイラーが殺された晩、北川のプロジェクト・チームの男と共に、六本木のクラブにいたのだ。

男の方は、アサドが失踪した前日から、サウジアラビアに出張していた。

女を送り届けるために、車と二人の男が用意されたことはまちがいない。北川は、何らかの理由で、女を保護したいのだ。

おそらく、タイラーと彼女との関係――あの夜、何のために一緒にいたのかを訊き出そうとする者に接触されぬのが目的であろう。

車が向かっているのは、中野区野方の女の住居である。

マンションの部屋に送り届けられるや、女は、決められた合図のない電話はとらず、外出する様子もない。

数日間、私は彼女を尾行しているのだ。

彼女の存在を、M本社は、警察に対してもひた隠しにしている。だが、私は三日前に、その正体をつきとめていた。おそらく、他の情報機関もつきとめるはずである。いつものように、細長いマンションの玄関前に車が横付けになると、運転手を残して、女と、もう一人の男が降りた。

スーツ姿の男は、本社秘書部の人間である。女は、ほっそりとした長身で、ヘッドライトの光で紺のワンピースを身につけているのが見えた。

停車しているM社のクラウンの前を低速で通りすぎ、マンションの裏手に回ったとき、その車に気づいた。

グレイのステーション・ワゴンで、エンジンを始動し、無灯火で止まっている。私は、十メートルほど行きすぎると、車を止め、赤外線望遠鏡で運転者を観察した。

運転者の髪が黒色ではないことがわかるとすぐに、私は車から降りて、早足でエレベーターにむかった。

エレベーターが五階で停止している。女の部屋は六階だ。

私は階段を駆け昇った。

四階の踊り場まであがったところで、消音器を装着した拳銃の銃声を聞いた。

S&Wの九ミリを抜き、消音器を装着した。

酔っ払いを介抱するような格好で、二人の男が、M社の秘書を抱いて、五階の踊り場に現われた。

日本人と白人の二人組であった。

秘書の右肩に左腕をさしこんでいた白人が、私に気づき、上着に右腕を入れた。

私は、その男の右肩を撃ち抜き、階段を駆け昇った。

日本人の方は抱えていた秘書の死体の重みを一身に受けて、よろめいている。素早く、白人が手落とした拳銃を蹴ると同時に、日本人の後頭部を、左手で殴りつけた。

エレベーターの扉がしまりかけていた。

拳銃を手にした黒人が左手で、女の肩をおさえつけているのが閉まる一瞬、見えた。

私は閉まりかけるエレベーターのドアに向けて、二発撃ちこんだ。

エレベーターは、そのまま下っていったが、呻《うめ》き声が聞こえた。男達が女を誘拐する目的で、待ち伏せていたことは間違いない。

私は必死で階段を駆けおりた。一階の踊り場に辿《たど》りつくと、黒人が右腕を腹に押しつけながら、女を裏口にむけてひきずっていこうとしていた。

私の放った弾丸は、黒人の右手首を砕いたようだ。

私の姿に気づくと、英語で罵《ののし》りの言葉をつぶやき、女をかたわらにつきとばして、左手をスラックスのベルトにさした拳銃にのばした。

私はその左肩を撃った。男の体が一回転すると、壁に叩きつけられ、鉢植えといっしょに床に倒れた。

女は瞠目《どうもく》していたが、悲鳴はあげなかった。私は、女の腕をつかんでいった。

「私は君を助けたい。いっしょに来るんだ」

彼女の腕をとると、裏口を抜け車まで走った。私達の姿を見て、ステーション・ワゴンの白人が、運転席をとびだす。

だが、仲間を見捨てる結果になるかもしれないことが、彼の決断をにぶらせた。

私が女を、自分の車に乗せ、急発進したとき、白人はマンションの玄関にとびこんでいった。

車を一気に新宿副都心まで走らせた。終始バックミラーに注意していたが、私の車を追ってくる者はないようだ。

私は、超高層ビルのホテル地下駐車場に車をすべりこませた。

その間、傍《かたわ》らの女はひと言も口をきかなかった。

車をとめると、私は初めて、彼女に向き直った。

目を閉じ、頭をシートにもたせている。

眠っているのではないことは、膝の上のバッグにのせられた指の震えでわかった。

暗い駐車場の灯りに、女の高い頬骨と、形のよい小鼻がシルエットになっていた。髪は長く、無造作を装った型で、後ろにたらしていた。

私は口を開こうと、唇を湿した。美しい、女の横顔に言葉を失っていた。

私が見つめていると、女はゆっくりと目をみひらき、私の面をふりあおいだ。

切れ長の目に、脅えと、自分を保とうとする努力が、相反してあらわれ、争っている。

「何も、しない。落ち着きたまえ」

私は車の時計に視線をおとした。

午後八時。

「熱いものでも飲むかね。ここは──」

私はホテルの名をいった。

一瞬、驚いたように女は私を見つめたが、やがてかすかに頷いた。

「歩けるかね」

私は、運転席をおりて訊ねた。

「だい、大丈夫です」

歩きかけて、足がもつれ車によりかかった。気づかなかった香水が香った。

「あわてないで、落ち着くんだ。もう、誰も何も君にしない。私は、政府の人間だ」

身分を証明するものなど、何も持ってはいないが、もう一度いった。

女は再び目を閉じて頷いた。ほっそりとした華奢な肩に、私は軽く手を触れた。

「君の名を教えてくれないか、私は加賀という」知っていたが訊ねた。

「工藤《くどう》、工藤といいます」

ティ・ラウンジでコーヒー・カップを前に、私達はむかいあった。空調が、心地よくきき、暗くやわらかなインテリアが、女に落ち着きを取り戻させていた。

「工藤さん、M社につとめているね」

私がいうと、女は頷き、次いで体を強ばらせた。

「佐野課長――」

「いっしょにいた人のことかね」

「射たれて――」

「君のせいではない。あの男達は、君を誘拐しようとしたのだ」

「でも、なぜっ」

「君にも理由はわかっているはずだ。この数日間、君は会社に送迎されていた。あの佐野という人を含めて、二人の男につきそわれて……」

女は面を落とした。血の気《け》を失った顔立ちには、現在の境遇だけではなしに、どこか暗い翳《かげ》を感じさせるものがあった。

「黙っていてもわかる。おそらく君は会社の人に厳重な口止めをされているのだろう。私は、警官じゃない。どういう立場にいるのか詳しくは説明できないが、警官とは別の方法で、ルイス・タイラー氏の死亡事件を調べているのだ。今夜、君を襲ったのは、多分タイラーの仲間だろう。彼らも君の口から、あの夜のことを問い質《ただ》したかったにちがいない」

男達が、T・F・Eの工作員であったことはまちがいない。非合法工作員でなければ、あのような手荒い手段をとらなかったはずである。M社の彼女を取り巻くガードが固すぎたのだ。

「私は何も」

つぶやきかける女の言葉をさえぎった。

「今夜のことは、事件にはならない。私が射った男達は死ぬことはないだろうし、佐野という君の上司も射殺されたなどということにはならないだろう。M社も、あの男達の仲間も、決して表沙汰にはしない」

「なぜです」

「君は何のためにタイラーと一緒にいた？　それを考えてみたまえ」

「私は――」

いって、女は唇をつぐんだ。私は勘の命ずるままにつっこんだ。

「北川常務の命令に従った、ちがうかね」

「………」

「工藤さん、あなたは幾つだ？」

口調を変えて訊ねた。

「二十七です」

「二十七歳の大人の、立派にひとりで暮らせる女性が――おそらく、あなたは高い教養も身につけているだろう――何も知らずに、一連の事件に首をつっこんでいるのかね。いや、つっこんでいるのではない。首までつかっているのだ」

女は小さくかぶりを振った。

無言でいる女に、私は続けた。

「今夜はこのホテルに泊まることだ。今のあなたには、どこにも行くところはない。誰もあなたを救ってくれる者はないのだから」

自分の身が危険であることは、自身が一番よく知っているであろう。この女は、何も知らされずに、タイラーと会いに赴いたわけではない——そう確信していた。

ツインの部屋をとった。女は部屋に入ると、ベッドの上にうずくまり、窓外にひろがる東京の夜景に目を向けていた。

私は上着を脱ぎ、ソファにかけて訊ねた。

「食事は？」

「いえ……けっこうです」

「そうか、私は腹が減ってしまった。ルームサービスをとるよ、果物か何かは？」

女は首を振った。

私はサンドイッチとコーヒーを二人前注文した。

食事を終えると、女の前にコーヒー・カップを運んでやり、私も向かい合わせのベッドに腰をおろして、コーヒーを飲んだ。

根比べの時間が始まったのだ。だが、明らかに私自身、いくらか、落ち着きを失っていた。

欲望を女に感じていたわけではない。あったのは、奇妙なことに同情であった。

「加賀さんは——」

部屋に入り、食事を断わって以来、三十分ちかくたった後、女は口を開いた。

「加賀さんは、どうして今の仕事をしていらっしゃるのですか」

「どうして？……。生活のためだけではないことは確かだが、なぜだ？」

「私は、私は会社が好きでした。仕事に、やり甲斐《がい》を感じてきましたし、上の方達も、とても魅力的な人が多かったんです。工場やダムを、不毛の地に建設する計画には、女ながらに胸を躍らせて聞きいりました」

「あなたの仕事は？」

「もともとは、秘書部でしたが、四年前からずっと、北川常務のプランニング・ルームに出向して、コンピューター操作と、テレックス、テレタイプをあつかっていたんです」

「北川常務には信頼されていた――？」

女は頷いた。視線は窓にむけられたままだったが、今彼女が見つめているのは、夜景ではなく、自分の姿だった。

「仕事が楽しくて、気づいたら二十七になっていました。結婚のお話はそれまでにも、いくつかありましたが、魅力を感じなかったんです」

「私と同じだな」

女は初めて振りかえった。切れ長の瞳が、不思議そうに私を見つめた。

「私と同じ、そういったのだ。ただ、私は、この何年かは、あなたほど仕事を楽しんではいない」

　私は皮肉な笑みが、口元に浮かぶのを抑えられなかった。

「わからないことがいくつかもちあがり、それらが自分の中で解決されぬままに、仕事や生活が進行してゆく」

「どうして、そんなことを私に……」

「あなたが、私に話したからだ」

　女はふっと肩の力を抜いた。

「加賀さん――不思議、私の中学時代の恩師と同じお名前だわ。あなたは、私の命の恩人になるのね」

「いや、あのまま連れてゆかれても、君は殺されることはなかった――そう思う。ただ、何を知っているかを洗いざらい喋《しゃべ》らされたにちがいない」

「でも、私は、あの人達が佐野課長を射つのを見ていたんです」

「さっきもいったように、今夜のことは何ひとつ事件にはならんさ。M社が君をあれだけ保護したのは、君に何も喋られたくはなかったからだ。そのM社が、君の上司の死も、うまく隠蔽《いんぺい》してしまうだろうね」

「私——」

大きく吐息した。私は立ちあがり、手をつけずにいた、もう一皿のサンドイッチを彼女の前におき、ポットのコーヒーを、カップに注ぎ足した。

「食べたまえ。ショックをうけたときは、体調が著しく低下するものだ。食べておいた方が良い」

女は、サンドイッチを見つめ、熱いコーヒー・カップを口元に運んだ。そして、カップをおろすといった。

「お話しします」

あの夜、彼女と山岡という名の、プロジェクト・チームの社員の二人は、北川の命令で六本木のクラブ「サルーサ」で、タイラーを待っていたのだった。

会員制の店の入口で「ミスター・タイラーと待ち合わせている」と係員にいって、中に通されたのが午後九時五十分。

タイラーが現われたのは、午後十時きっかりであった。山岡はタイラーの顔を知っていた。

タイラーの方から北川に接触をはかろうとしたらしい。だが、当日、北川は関西に出張していた。大阪支社からの電話命令で、山岡と工藤は、「サルーサ」に赴いたのだ。

山岡はともかく、なぜ彼女がタイラーとの接触を命じられたのか、彼女には思いあたるふしはなかった。その問いを山岡に発したところ、山岡は、タイラーが、女連れで来るようにと命じたからだと答えた。

山岡は四十歳になる、チームのヴェテランで、北川に従って幾度も中東に出張している、北川の腹心の部下であった。

山岡も工藤も、英会話はたくみだったが、「サルーサ」では、却《かえ》って人の耳につかぬよう日本語で話したという。それは、タイラーの提案によるものだった。

タイラーは、まず、一日も早く北川に会いたいと、その機会を作るよう、山岡に依頼した。山岡が、その理由を訊ねると、タイラーはひと言、

「Wプラン」と答えたという。

そして、工藤には渡したいものがあるので、それを取ってくるまで「サルーサ」で待つように命じ、店を出て行った。その時、山岡には、もう帰れと命じたという。

工藤は、その場で、タイラーが戻ってくるのを待ち続けた。二時間後、電話も、戻ってくる気配もないので、「サルーサ」を出たのだった。

「私は、あの晩のことがいったい、どんな意味をもつのかは知りませんでした。翌日、

常務に、ミスター・タイラーが死んだことを知らされ、厳重に口止めされたんです」

「タイラーは、君に、来るように命じたのか、それとも誰でもいい、女性を連れてくるように、命じたのか」

「後の方だと思います。常務とミスター・タイラーは知り合いのようでしたが、多分、常務としては、信頼のおける人間ということで私を選んだのだと思います……」

自分がその信頼を裏切ったという罪悪感を抱きつづけながら、彼女は喋っていた。

「工藤さん。君は、タイラーが何者かということを知っていた？」

私は、コーヒーの最後のお代わりを注いでやりながら訊ねた。

「ええ。山岡さんが会う前に教えてくださいましたから」

「何と？」

「ＣＩＡの人だと」

「君は疑問を抱かなかった？　なぜ、そんな人物と会わねばならないかを」

「常務の命令でしたし、とても緊急で重大なことだと、常務はおっしゃいました」

「北川常務を尊敬しているのだね」

私の言葉に含まれた、揶揄《やゆ》の響きを、彼女は敏感に感じとった。

きっと面を上げて、私を見つめた。蒼白《そうはく》だった頬が紅潮していた。

「私は、常務を、上司として、そしてビジネス・マンとして尊敬しています。けれども、個人的な関係は何ひとつありません」

私は、彼女の面から目をそらした。わずかだが、自己嫌悪の感情が、そうさせたのだ。

「申しわけない」

私はつぶやいた。

「いえ……」

「Wプランのことは、前から知っていた?」

私は、用心深く訊ねた。

「知りません。その名前を聞いたのも、そのときが初めてでした」

「内容は?」

彼女はかぶりをふった。

「隠さずに話したまえ」

「本当に知らないんです、私は」

「山岡は知っていた?」

「おそらく。何もおっしゃいませんでしたが……」

北川が彼女を保護したのは、只ひとつの理由のためである。「Ｗプラン」――この言葉が彼女の口から洩れるのをふせぎたかったのだ。

「タイラーが、何を君に託そうとしたのか、知っている？」

「いいえ」

「どこに取りにいこうとしたかは？」

「いいえ。ただ、すぐに戻ってくるとおっしゃっていました」

山岡を帰したのは、何のためだったのだろうか。自分が監視されている、とタイラーが信じていたならば、山岡を帰し、彼女と単なるアベックであるかのように見せかけたかったのかもしれない。

タイラーが彼女に、そこで待つように告げて「サルーサ」を出た理由として、もうひとつの可能性があることに私は気づいた。

戻ってくるように見せかけるため――これも監視者の目をくらます手段である。

死体の発見された、元麻布の墓地が殺害現場であることは、弾丸が発見されたことからも、明らかである。とすれば、タイラーは、そこまで、自ら足を運んだか、連れられたのちに殺されたのだ。

仮に、タイラーが、工藤に真実を告げていたとすれば、彼を殺害者が待ち伏せていたことになる。殺害現場の墓地か、あるいは六本木の近くの別の場所で。元麻布の墓地と「サルーサ」は歩いても三十分以内の距離だ。

「工藤さん、君の身よりは？」

私は、煙草をとりだして訊ねた。彼女にさしだすと、一本取った。私は火をつけてやった。

「東京には、誰もいません。田舎に、父が一人――画描《えか》きなんです」

「お母さんは？」

「二年前に亡くなりました」

「そうか」

私は彼女の向かいに腰をおろした。一瞬、視線が交錯した。

「しばらく、身をひそめていた方が良いだろうね。どうやら、君が私に話してくれたことを知りたがる連中が他にもいるようだし、彼らは、私のように素直に君の言葉を信じないかもしれない」

「でも、私が知っていることはそれだけなんです」

「私は信じる」

彼女は理性による抑制が、限界に達しようとしていた。喘ぐようにいった彼女の面を見すえて、私は答えた。

「安心したまえ。君の安全は、私が保証する。信用してくれて良い」

その言葉を放ったとき、思った。

彼女を保護するのは、あくまでも私個人であろう。彼女を救い、その口を開かせたことを、松宮社長が知れば、彼は彼女を囮《おとり》として使うことを考える。

松宮貿易が、彼女を保護するわけではないのだ。

情報機関にとって、情報とはすなわち武器である。それが人間であっても、そして生きていようと、死んでいようと、手に入れた者が優位に立つ。しかも、情報機関による暗闘の勝敗は、永久につくことはない。

戦争は、参戦した国家のどちらかが降伏することによって勝敗がつく。しかし、情報戦においては、その国家が滅亡してもなお、勝敗がつくことはないのだ。

あるのは、ひとつの作戦における区切り、それだけである。

工藤という名のM社の、この女子社員が自分のおかれた、想像もつかぬほど危険な立場に、途方にくれていたにせよ、彼女は自分を保つことに表面的には成功していた。

「信じます」

女の言葉に、私は目をあげた。

「私には、状況がよくわかりません。ただ、とても恐ろしいことになっていることだけ。私は、加賀さんを信じます。他に、何も信じるものはありませんから」

私は頷いた。何もいうべき言葉が思いうかばなかったのだ。

私は、ある種の感動を、彼女の言葉によって受けていた。それは、信ずることも、信じられることもない世界で生きてきたゆえの、感動であった。

松宮貿易という組織に属して以来、私は、何者も信じまいとつとめてきた。疑い、そして立証することが任務だったのだ。ただ一人の身よりもなく、育ち、自衛隊入隊、そして防衛大に奨学金によって入学した私という人間は、情報機関にとって、理想的な人材であった。

だが、独りで過すことの多かった少年時代に触れた、文学や美術の素養が、幾度も疑問の念を、自分の仕事や生活に抱かすことがあった。しかし、それらは決して、任務のように、立証されることがなかったのである。

その仕事、その生活しか知らぬ者にとって、果たして自分が、向いているのかどうかを疑うのは、自身の存在をも怪しむ結果になりかねない。私は、恐れ、否定しつづけてきた。

忠誠心を失ったわけではない。そして、任務を放擲《ほうてき》したくなったわけでもなかった。ただ、その夜私は初めて、異質なものに触れ、それを拒まなかった。

私は、わずかではあるが自分の生い立ちを彼女に話した。

二人共、疲労と緊張で、睡眠をとれそうになかったからだ。

明け方、着衣のままでも、横たわることを彼女に勧め、私は窓にカーテンをおろした。

扉には「ドント・ディスターブ」の札をかけておいた。彼女が毛布をかけて横たわると、私は吸いあきた煙草に火をつけながら訊ねた。

「工藤さん、あなたの名は何というの」

答はなかった。

私はふりむいて彼女を見た。眠ってはいなかった。瞳をこらして、私を見つめていたのだ。

彼女の唇がわずかに動いた。よく聞きとれず、私は近づいた。

「み・さ・と」

彼女はつぶやいた。

「みさと、さん」

私は小さく頷いた。彼女の目に、その夜初めての涙が湧きあがった。目をそらして立ちあがった私の腕を、彼女の手がとらえた。

「傍に、傍にいて下さい」

泣きじゃくりながら、小さな声でいった。

私が抱きよせたとき、彼女の抑制が解き放たれた。

彼女の体は熱く、寸分のすきまもなく保護者の密着を求めた。私は、それに応じた。私が彼女の中に達すると、深い吐息をついて私の肩に回した腕に力がこもった。胸の下で、形のよい乳房がつぶされても、その力をゆるめようとはしない。

彼女が求めていたのが、愛ではないことは私にもわかっていた。

本来なら、それゆえためらわずに抱いたであろう女体に、私は没頭できずにいた。しかし、短く激しい行為のあと、彼女が夜明けの薄闇の中で、再び私を凝視していることに気づいたとき、私の本当の欲望が体の内奥からつきあげた。

私はもう一度、抱いた。ためらいはなかった。彼女は、より激しくこたえた。

「北川に直接あたってみるべきときが来たようだ」

私は翌日、六本木のマンションに牧野を訪ねた。牧野は、一日だけ米沢と交代して自宅に戻った他は、ずっと盗聴工作を続けている。

「Wプラン?」

下着姿でアグラをかいた牧野がヘッドフォンの片方を上げていった。

「Wプラン」

私は答えた。

疲労の色が今では色濃く牧野の面に浮かんでいた。何日も盗聴を続けているにもかかわらず、福地の尻尾が摑めずにいる焦躁もあるのだろう。

「五二六の進行度はどうなんだ」

いらだちを含んだ声で牧野は訊ねた。

「あまりよくないようだ。私もこのところ、北川の周囲を追っかけていたので、情報を得てないが」

「福地が白である可能性は高いぞ」

「ダミーか」

私はつぶやいた。

「だとすれば、本当の仕掛人は他にいるな」

ヘッドフォンを脱いだ牧野が窓ぎわに立った。連日、雨を降らせている空を見上げた。

「梅雨《つゆ》も、じきに明ける。今年の梅雨は短くて、夏は暑いそうだ」

「問題の政治家が北海道出身である。という情報、そしてそもそも、第一野党の幹部がクーデターにかんでいるとの情報の出元を追及してみたいのですが」

松宮社長は、ゆっくりとデスクの上の灰皿に手をのばした。彼は、煙草を吸わない。

「こちらを混乱させるための偽情報だと思うのかね」

「その可能性はあります」

「よかろう。君があたることはない。一組の連中に洗い直させよう。タイラーの死亡当時の任務が判明した。君達——すなわち五二六と同じ業務だ。例のクーデター計画に関する情報をあさっていた。どの程度、把握していたのかは不明だ」

「フロント・エージェントのタイラーが、ですか」

「そうだ。主に、フリー・ランサーを使っていたようだ。彼が使っていた、目ぼしいフリー・ランサーのリストも届いている」

松宮社長はデスクのひきだしから写真を含む、数枚の書類を取り出した。

「あたってみたまえ」

私は受けとった。

「牧野を盗聴工作から外したいのですが……」

「なぜだね？」

クリスタルの灰皿の感触が好きなのだ。角だけに触れ、決して指紋を残さぬ、乾いた指。

私はかすかな不快感を感じた。

「福地が目標の人物ではないと思えるからです」

「思うのは良い。だが任務を解くのは、私の仕事だ」

松宮は、おだやかにいった。

「わかりました」

踵を返しかけた時、松宮がいった。

「経理部の報告をさっきうけとった。T・F・Eの工作員らしい人間が二名、陸軍病院に入院した。買収している看護婦の話によると、両名共、銃創を負っているそうだ。彼らの任務が何であったかは不明だが、彼らと銃撃戦を演じた者がいるわけだ。それと、もうひとつ、M社秘書部から、北川のプランニング・ルームに出向していた女子社員、工藤美里が行方不明になっている」

「M社のことは誰が調べたんです」

私はつとめて平静な声で訊ねた。

「別の営業部のスタッフだ」

松宮はのんびりとした声音で答えた。

「じゃあ、五二六には、私達六名の他にも、社員が……」

「作戦が五二六とは限らん」

「…………」

工藤美里を救い、保護していることを私は松宮には告げていなかった。冷たい汗が、脇を流れた。

「Wプランを洗え、顧問がせっついている」

「顧問が？」

「そうだ。内調の本室の連中には一切、手をひかせ、うちだけでやらせたいらしい」

一切、感情を交えぬ松宮の口調が、そのときだけは、いぶかしげなものになった。

「顧問がなぜ、そんなに――」

「わからん。だが、やれと命じられた以上は全力をつくすことだ」

「いつでも全力をつくしています」

苦い気持でいった。

「そうだな」

「アサドの行方は？」

「不明のままだ。だが、秘密警察局は、アサドが革命分子であるという結論を下し、行方を追及している。アサドにひきいられていた陸軍情報部とは、まっこうから対立したようだ」

「まともに対立すれば、陸軍情報部の方が分が悪い。秘密警察局のやり方は強引で、しかも残虐ですからね。片っぱしから引っ張っては、拷問と処刑をしかねない」

私はいった。

「突然の失踪だ。誘拐したとすれば、かなり優秀な人員をそろえた組織にちがいない」

「革命グループは？」

私は訊ねた。

「陸軍情報部は、そう見ている。アサド中佐は、革命分子のグループに誘拐され、監禁されたのだと。ただ、彼らは、公式には日本の司法機関に届けを出していない。あくまでも自分達の手でやる気なのだ」

「激しくなりますね」

松宮は答えなかった。しかし、激しい戦闘は松宮の好むところである。

「おそらく、そこいらを読んで顧問は、うちに全面的にまかせたのではないかな」

革命グループ、陸軍情報部、秘密警察局、T・F・E、松宮貿易、これらの組織が入り乱れて活動を激化すれば、イスラエルやソビエトの情報機関も黙ってはいまい。横合いから、甘い汁を狙って動き始めることは必至だ。

工藤美里をもっと安全な場所に移さねばならない――私は思った。目の前にいる、この男の目も届かぬ、安全な場所に。

松宮から受けとったリストは、東京を中心に活動する五人のフリー・ランサーの名前と写真であった。写真など、実際には必要ないのだ。私は、五人とも顔から棲《す》み家まで知りつくしている。

本来は防諜セクションに属する私にとって、彼らフリー・ランサーに関する情報は必要欠くべかざるものである。彼らは、我々以上に、駒であり、消耗品なのだ。

私が五人の中から目をつけたのは、通称〝クレイン〟と呼ばれる二十代の男だった。黒人と韓国人の混血で、横須賀と東京を往復しながら暮らしている。人間はデタラメだが、つかんでくる情報には定評があった。私自身、使ったこともある。

私が知りたかったのは、タイラーがどの程度、革命計画について知っていたのか、そして何を狙っていたのかということだった。

T・F・Eに先回りされていれば、〝クレイン〟をつかまえることは不可能である。私は横須賀や、赤坂、六本木界隈の、〝クレイン〟の立ち回り先に網を張った。だが、この数日――タイラーが殺されてからは、クレインは姿を見せていなかった。風向きに敏感なクレインのことだ。タイラーが死んだのを知って姿を隠した可能性もある。

彼の隠れ場所はそう多くない筈だ。同じ、不良外人仲間でも、彼の仕事が情報屋であることを知る者からは、クレインは軽蔑されている。かくまってくれる者がいるとしたら、女ぐらいのものだ。

私が訪ねたのは、本牧の小さな喫茶店だった。カウンターだけの店で、三十代の妙に中性的な男が、マスターをしている。

この男とクレインの関係について知っている者は少ない。クレインが、いわゆる〝両刀使い〟で、女だけではなく男も愛することを知っているのは、松宮貿易の防諜セクションでも私だけである。

黒く塗った壁と、安っぽい黒塗りのカウンター、すすけた壁には、アンダー・グラウンドの演劇のポスターが張られている。

午後四時頃、客は誰もいなかった。カウンターの奥に作られた棚におかれたカセット・レコーダーから、ヘレン・メリルの歌が流れていた。

「いらっしゃいませ」

細い声で、Tシャツにスリムのブラック・ジーンをはいたマスターが水のグラスを私の前に置いた。

「コーヒー」

私はいって、ストゥールに腰をおろした。

店の冷房は壊れているのか、上着を着ているのが不快なほどの湿度だ。

「覚えているか、俺のこと?」

私は、サイフォンを手にしたマスターに訊ねた。髪を短く切り、やせた手脚を持つ男は、麻薬中毒患者のようにも見えた。

「お客さん……」

「クレインの友達だ。奴に会いたい、どこにいる?」

男の面が強ばった。どんよりと曇っていた瞳が、せわしなく動き始めた。

「どちら様で？」

「クレインだ。知らない筈はあるまい。別に、クレインを痛める気は、こっちにはないんだ。会って話を聞けりゃいい。加賀といえば、奴にもわかるはずだ。あんたがクレインの恋人だってことは、わかってるんだ」

「クレインなんて人は……」

「とぼけるなよ、協力した方があんたにも、奴にも得だ。奴がヤバい立場にいることはわかってる」

男の目がひょいと動いた。私は気づいた。

私が、今背を向けている壁の一方にカーテンがあって、おそらくこの薄ぎたない店の二階に続いているのだろう。

私は、男の背後のガラス・ケースに目をこらした。鏡になっている。

私が背を向けているカーテンがちらちらと動いていた。

「どうなんだ、え？」

私は、ゆっくりと左手を動かしながらいった。右手はカウンターの上にのせたままだ。

カウンターの内側の男が、わずかにのびをした瞬間、私は拳銃を左手で抜き、銃口を男の額に押しあてた。

撃鉄を起こすと、男の顔が蒼白になった。

「出てこい、クレイン」

私は英語でいった。

振りむくと、カーテンが開き、狭い階段の中途で、飛び出しナイフを持ったクレインが中腰になってこちらをうかがっていた。

「ナイフを捨てて降りてくるんだ、そうすれば何もせん」

日本語に戻っていった。どちらもクレインには理解できる。

口惜しそうに、ナイフを階段につきたてて、クレインが降りてきた。

ひょろりとした体格で、背が高く、ジーンのヴェストを素肌に着ていて、下はジーンのバミューダというでたちだ。額が狭く、浅黒い顔は狡猾《こうかつ》な印象を見る者に与える。

ふてくされたように、店内に飛びおりると首に下げたビーズ玉のネックレスが音をたてた。

「すわれよ」

私はうながして、カウンターの男に一万円札を放った。

「シャッターをおろして休業することだ」

　無言で金を拾いあげた男がカウンターを出ると、私は拳銃をしまい、クレインに向き直った。

「どうした、何をびびってる？」

「知ってるだろうが」

　クレインは、ヴェストのポケットからセーラムをとりだしてくわえた。火をつけてやりながら私はいった。

「誰かに追っかけられているのか」

「二世みてえな日本人と、白の二人組だよ。おととい、奴らが赤坂のディスコを張ってるのを見つけたんだ。俺は、あいつらの顔は知らねえ。だが、奴らの狙いは俺さ、タイラーのことで俺に訊きたいんだ」

「なぜ、教えてやらない」

　私はからかうようにいった。

　クレインは小狡《こずる》く、私の顔を見て答えた。

「俺の知らねえ面だからさ。タイラーの仲間だとしても、俺が知らねえってことは、リヴァースの連中だ。ひょっとしたら、もっとヤバい奴らかもしれねえ。きちんとスーツを着ちゃいるがね」

「T・F・E」

私がいうと、クレインはギョッとしたように私を見つめた。

「あんた、奴らのことを知っているのか」

「少しはな。だが、奴らに目をつけられているとなると生半可なことじゃすまんな。さんざん吐かされた挙句、どこかに埋められるのがオチだ」

「だから、逃げてるんだ」

弱々しくクレインはいった。

「話せよ、話したら安全な場所に連れていってやる。タイラーから何か頼まれていたろ、何を頼まれていた?」

ヤケになったように考えこんでいたが、クレインはやがていった。

「皆が追っかけているだろうが……。例の産油国のクーデターの話さ」

「それで、その何を調べるよう、言われた?」

「仕掛人だよ」

「仕掛人?」

「タイラーはクーデター計画なんて信じちゃいなかった。本当はありもしない計画を、誰かが吹いて回っている、と思っていたんだ。だから、それを誰がやっているか調べろといわれたんだ」

「なぜ、タイラーは信じていなかったんだ」

「そんなことは知らねえ。ただ奴は、本局の命令であさってたんじゃなかった」

「何だと、ＣＩＡの命令じゃない？」

「そうだよ、それに……」

クレインは急にクックッと笑い始めた。

「奴は、変なことを言い出しやがった。俺達、フリー・ランサーが組合を作ったのかってな」

「どういうことだ」

「わからねえ。だがな、タイラーは俺に個人を追えとはいわなかったよ。東京によ、どこの国にも属さねえ組織ができたと思っていたんだ。スメルシュやスラッシュみてえな。俺ぁ、気は確かかといってやった。そしたら野郎、怒りやがってハジキをちらつかせやがった。あいつがハジキを持ってるのは、初めて見たぜ」

タイラーの言葉は確かに妄想のようにも思える。だが、タイラーのようなフロント・エージェントはまず拳銃など持たない。それが不思議だった。

クレイン達のようなフリー・ランサーが組織を作ることはありえないし、また、クレインのいうように、どこの国家にも属さない情報組織が存在する可能性はない。理由は簡単である。いくら金があっても、国家の利益という問題を離れれば、引き合わないのだ。

強《し》いて近い組織を考えれば、アフリカなどで活躍する、傭兵部隊であるが、日本にはありえない。

「では、タイラーは、その組織がクーデター計画の偽情報を流した——そう思っていたのか」

「そうさ」

小刻みに肩を震わせて笑いながら、クレインは答えた。

「だがな、同じことを俺に調べさせようとした奴がいたんだぜ。そいつも、クーデター計画なんて頭から信じちゃいなかった」

「誰だ、そいつは？」

「わかるだろうが、頭のいい加賀さんのことだから」

「アサド中佐か」

「そうさ。奴も、信じちゃいなかった。だが、俺が調べてゆくと、計画ってのはよ

――」

クレインがそこまでいいかけたとき、二階に上がっていたマスターが駆けおりてきて、いった。

「クレイン、変な奴らが来るよっ」

クレインの面がさっと蒼ざめた。

「いえっクレイン、計画がどうしたんだ」

「確かにあったんだ。日本を通して、ベルギーに武器を発注した奴がいる。俺はその噂を聞きこんだ」

「アラブ人みたいな奴らなんだ。あんたのいってた連中とはちがう」

マスターが再びいった。秘密警察局の人間だ。

「何人いる？」

私は訊ねた。

「四人。表と裏に二人ずつ」

「ヤバいぜ」

シャッターをこじあける音が店の表でし始めた。

「電話はつながってるか？」

マスターがあわてて黒電話を取った。

「切られてるっ」

「ピンクがあるだろう」

ピンク電話の方は切られていなかった。

百十番、百十九番、片っぱしから回して呼ぶように、私はいった。

「いいか、ギリギリまで待て、上に昇っているんだ。まだ外は明るい時間だ。奴らも無茶はしないだろう」

私は二人にいって、立ち上がった。

「加賀さん、あんたはどうするんだ？」

上ずった声でクレインが訊ねた。

「いいから行け」

二人が階上に昇ると、私は裏口の様子を見た。細長い店の、端々がそれぞれ、表口、裏口になっている。

裏口の手前、カウンターの切れたところに手洗いがあった。手洗いの中に入ってしまえば、表口と裏口は吹き抜けの店をはさんで、向かい合うことになる。

私は店の電源を切ると、手洗いに入った。

案の定、裏口もこじ開けている物音が聞こえた。

真っ暗な手洗いで息をひそめて待った。ペルシャ語のつぶやきが聞こえ、ちゃちなドアを押し破ろうとしている音がした。

昼間である以上、表組も裏組も店内に入りこんで事を構える気なのだ。

シャッターの上がる音がした。表口も突破されたらしい。

二組が店内に入りこんだのは、ほぼ同時であった。彼らが、真っ暗な店内で目を慣れさせぬうちに、私は手洗いの扉を開き、天井に向けて、拳銃を発射した。

狭い店内で銃声がした瞬間、両方が銃火の火ぶたを切った。

私は発射すると同時に、扉をしめ手洗いにこもった。

消音器を装着した拳銃の鈍い銃声と、自動小銃の凄まじい発射音が両側で捲きおこった。

カウンターの品物が砕ける物音と、悲鳴が交錯した。

ペルシャ語でどちらかの男が叫び、銃声が突然やんだ。

悲鳴と呻き声が、後に続いている。私の目論見《もくろみ》通り、同士討ちをしたのだ。

サイレンが店の方に近づいていた。ペルシャ語の命令と共に、男達が、慌しく店を出てゆくのがわかった。

私は手洗いを飛び出すと、店の灯りを入れ階上に向けて怒鳴った。

「クレイン、来るんだっ」

転がるように二人の男が階段を駆け降りて来た。

裏口を入ったところで、アラブ人の大男が小型自動小銃、イングラムを手に倒れていた。額の半ばから上を失っている。

死体を見て吐き気をもよおしたマスターを押して私はいった。

「逃げろ、パトカーと消防車が表に来てる。ドサクサにまぎれて逃げるんだ」

三人で裏口を飛び出した。

秘密警察局の連中の姿はどこにもなかった。私達は集まり始めた野次馬の中をかいくぐって、店を遠ざかった。

「私の車は、あの店のすぐそばに置いてある。当分、近づくのは危険だ」

私はいって歩き始めた。タクシーを拾って、横浜を離れるつもりだった。

アサドの行方を追っている秘密警察局の連中が、アサドと取引きのあったクレインを捜し始めることは予期していたが、こんなにも早くつきとめられるとは思っていなかった。

脅えきっている二人を叱咤して私は歩き続けた。到着した警察官が店内に入って、血の海とその中に倒れている自動小銃を持った外国人を発見すれば、あたり一帯が大騒ぎになり、非常線がしかれることがわかっていた。

「いいか。アサドは秘密警察局の連中に革命分子の裏切り者として、手配されたんだ。奴らが銃を持って乗りこんできたということは、取引きのあったお前も同罪と見て追及する気なんだ。捕まれば、まちがいなく拷問されて殺される」

私は早足で歩きながら、小声でクレインにいった。

一般に、情報機関が血を流す暗闘を他国内でくりひろげることは、交戦状態の国家に属さぬ限り、ありえない。彼らは、敵を抹殺する前に、味方の不穏分子を処分する。秘密警察局や、CIAの非合法工作機関、T・F・Eが自国外で動くことがまれなのはそれゆえなのだ。

「アサドはお前がふたまた掛けているのを知っていたのか？」

「いや、知らなかった」

消防車やパトカーのせいであたり一帯は交通渋滞を起こしていた。タクシーを拾うには、もっと距離を稼いでおく必要がある。

歩き続けた。

「アサドはどこにいる？」

「知らない」

息を喘がせながらクレインは答えた。裸足《はだし》で歩いていた。

「あたし、もう、駄目」

マスターが細い声で喉を鳴らした。

私達は元町商店街に続く、メイン・ストリートを歩いていた。

「駄目だ、立ち止まるな。かえって人目を惹《ひ》く」

クラクションとサイレンの雄叫《おたけ》びを背後に聞きながら、私は再び彼らを叱咤した。

私は歩をゆるめて、あたりを見回した。

秘密警察局のグループは、かなり慌てて、引き揚げたようだ。それらしい姿はない。

私は行く手に、チャチな喫茶店を見つけた。若者向けのディスコと並んで、あたりの商店街にあっては異彩をはなっている。

「よし、あの店に入るぞ。中では余計なことは一切、喋るな」

私は釘をさした。

その瞬間、タイヤのスキッド音に私は目をあげた。下り線を走っていた、一台の車がUターンをして、こちらに近づいてきたのだ。

ステーション・ワゴン。

運転している金髪の男と、助手席にすわった日本人が見えた。日本人の方は、工藤美里のマンションで、私が殴り倒した、T・F・Eの工作員である。

彼らがクレインをさらってゆくつもりであることは間違いない。

路地に走りこんだ我々を、歩道に半ば乗りあげる形で、ステーション・ワゴンは追跡してきた。

「逃げろっ」

私は叫んで、二人を路地の方へつきとばした。

私は、人目の少ない路地に、自分達を押しこんだ愚を悟った。だが遅い。

走りながら、拳銃を引き抜き向きを変えた。膝をついて、射撃姿勢をとった私を見て、運転者は、反射的にハンドルを切った。

ブレーキを使わずに、加速と方向転換で、銃弾を避けようとしたのだ。

それが、最悪の結果を招いた。

右前方の私に気をとられていた運転者は、左側を走っていたクレインに気づかなかったのだ。

鈍い音がして、バンパーにはねあげられたクレインの体が数メートル宙を飛び、アスファルトの路面に叩きつけられた。

視界の隅で、それをとらえながら、私は体を前方に投げ出した。

消音器を装着した拳銃を持った手が、助手席の窓からつき出されていたからだ。

それが牽制にすぎないことは、私にもわかっていた。走行中の車から拳銃弾を命中させるのは、至難の技である。

シフトがバックに入ると、ステーション・ワゴンが猛スピードで後退した。

路地の入口で、派手な音と共に、バック・スピン・ターンをして国道に飛びこんでゆく。

私は、のろのろと拳銃をホルスターにおさめ、クレインに近づいた。

あの運転手は、プロなのだろう。車に伝わった衝撃で、相手の体がどの程度のダメージを受けているか、幾度も生身の人間で試したことがあったにちがいない。

あっさりと引きあげたのは、もうクレインが使い物にならぬことを知ったからだ。

無論、彼らの望んだ結果ではない。あくまでも事故だ。

体をふたつに折って、路上で痙攣を続けているクレインを見おろした。

目が曇り、口と耳から血が流れている。

私は、電柱につかまり嘔吐《おうと》しているマスターに近づいた。

「消えろ、奴は死ぬ。関わりたくなければ、消えるんだ」

恨みがましい目で、男は私を見上げた。彼にとって、私はまさしく死神に見えたろう。

男が、よろめきながら、薄汚れた町角にまぎれこんでゆくのを見送った。

何人かの野次馬が、死体になったクレインの回りに集まり始めている。

「ひき逃げだ、ひでえ……」

かん高い声で若者がいっているのが聞こえた。

タクシーを拾い、東京に戻る車中で思った。

収穫はあった。タイラーが何を考えて行動していたかを知ることができたのだ。

だが、死者が二人。

クレインと秘密警察局員である。

秘密警察局も、T・F・Eも調査方法に厳しさを加えてくることはまちがいない。

疑問がひとつ。

なぜ、二組の組織にクレインの隠れ家がわかったのか。

早すぎる。

薄闇の工場地帯をつっきる首都高速をタクシーは疾走していた。幾つもの灯が、不気味な整然さをもって並んでいる。

工場群を貫くハイウェイは、私にとって、泥沼の戦線に舞い戻る、乾ききった最短コースであった。

喉のひりつくような、不快感と不安が私にとりついて、内臓をしめつけていた。

「彼らが最初から、私のようにクレインをマークしていたとは思えません。秘密警察局はまだ、アサドの方からクレインをたぐっていったとも考えられますが、T・F・Eの連中が気づくのが早すぎます。どちらも、クレインを生きて捕まえたかったにちがいありません。ヘッドは相当、頭に来ているでしょうね」

松宮は、暗くした社長室で、身じろぎもせずに私の話に聞き入っていた。

やがて、小さな咳をひとつもらすと、喉にからんだ声でいった。

「タイラーは、本局とは関係なくクーデター計画を追っていた、そのフリー・ランサーはそういったのだな」

「そうです」

「一組の、情報源の追及だが――」

「何か目ぼしいことが」

「いや、暗礁だ。公安調査庁などが使っておった密告者を含める、何人かのフリー・

ランサーが行方不明なのだ」

「もぐった、ということですか」

「か、消されたかだな」

「そんな馬鹿げたマネを誰がするんです。狂信的なグループでもない限り、金さえ払えば意のままになる連中を殺す者はいません。いくらでも使いでがあるのだ」

「五二六に関する情報は、確たる根拠のないまま、公安関係のスパイや、今日、死んだ男のような情報屋たちから、少しずつもたらされていた。一人がもってきたネタなら、問題にはされんが、十人近い者が、どれも同じような情報を持ってきたとなれば、話は別だ。

我が社だけではなく、ＣＩＡやＫＧＢの連中も動く」

「逆に、大きな情報機関のどれかが、幻を追って動き始めれば、対立、あるいは連係している他の機関も、遅れをとるまいとするでしょう。ちっぽけな小石でも、湖面の中央に放りこまれれば、湖岸に達するのは、何百倍の大きさの波紋というわけです」

私は、社長デスクの真向かいのソファに、浅く腰かけて答えた。

今日も、この男は落ちついている。

たとえ今日、本牧で死んだのが、チンピラ情報屋ではなく、私だったとしても、その落ちつきに変化はない。

「その情報屋は、ベルギーに武器の発注があったといったな。とすれば、革命計画は、決して幻ではないということだ。誰かが発注したのだ」

「革命組織？」

「………」

松宮は答えなかった。私は、松宮が、タイラーのいっていたという独立した情報組織の存在性を、意外に真剣に考えていることに、驚きを覚えた。

タイラーを殺し、アサドを誘拐したのが同一組織の手によるものだとすれば、高度な機能を持っているということになる。

それが、タイラーのいう、どこの国にも属さぬ組織であろうか。

「飛躍しすぎるな」

私の考えを見こしたように、松宮がいった。

「武器の発注があったということは、その武器の需要があったからだ。ヨーロッパ支社の連中に、ベルギーの軍需産業を調べさせよう。ベルギーにはM社と技術提携をしているところもあるな」

私に聞かすよりは、つぶやくような口調であった。

いきつくところは〝Wプラン〟のようであった。

この男は、いつ自宅に帰るのだろうか――疲労で活動が低下しはじめている頭で考えた。緊張と、危険に満ちた一日であった。

あるいは、何日間かの一日。

社長のデスクの奥で日々を暮らす男。

だが、その夜、私は松宮の落ちつきの中に困惑の匂いを感じとった。

この男が過してきた情報戦略の日々のうちで、初めて裏までを読みとることができない事態が訪れている。私は、皮肉と奇妙な快感の混じった気分で社長室を後にした。

午後九時の松宮貿易のビルは、真っ暗な窓と、煌々《こうこう》と灯りをつけた窓が、クロス・ワード・パズルのように見えた。そして、その中で唯一、ほの暗い窓。そこには、小さな白髪頭をふりしぼっている初老の男が一人で腰かけている。

考えろ、考えるがいい。すべての情報を握りこんでいるのは、あんた独りなのだから。

ひとけのないオフィス街の舗道を、私は脚をひきずりながら歩いていった。

自分が、事実を知ろうとする欲求とは裏腹に、駒でありつづけることに対して、激しい嫌悪感を抱き始めているのに気づいたのは、その夜であった。

数日間のうちに、五二六作戦の基本となった情報をもたらした情報提供者がことごとく行方不明になっていることが判明した。

警視庁公安部で使っている、スパイが二名、公安調査庁の同様の人間が四名、そして在京のフリー・ランサーの情報屋、下級工作員が三名。

彼らはいずれも、日本を含む、各国の情報機関に、クーデター計画に関する情報を売っていた人物である。どの国の機関も、躍起になって、情報源をつきとめようと、調査を開始していた。

東京の情報戦線に重大な異常が、おき始めていた。彼らが消されたことを疑う者はいなかったし、当然の結果として、組織に属さぬ他のフリー・ランサー達は、地下に潜行した。危機を感じたのだ。

笑顔で、外交、社交していた、各国のフロント・エージェント達は、その場から姿を消し、活動しているのは、T・F・Eや松宮貿易のような、非合法活動が専門のグループであった。

そんな中で、私はひそかに、工藤美里の身柄を千葉県下のアパートに移した。あれ以来、彼女には、会社を含めた一切の関係者、友人との連絡を禁じていた。

彼女のための部屋に、連れていったその晩、私達は二度目の夜をすごしていた。

彼女は私の身分に、薄々気づいていたようだが、何もいわなかった。

私達は、素直に互いの気持を言葉で表現しあうには、余りにも異常な状況下におかれていた。

ただ、次に会うときが二度と訪れるかどうかわからぬ不安感から、ひたすら愛し合った。

官能的というよりは、それは動物的な行為だった。そのくりかえしの中で、喘ぎと、叫びの中で、私と美里は、相手の存在を疑いつづけ、確認しつづけたのだ。


「加賀はん、あきまへんわ。どこをどう叩いてもWプランに関する、詳しい話は手に入れられやしまへん。それが、途方もない計画だちゅうことは、わかったんやけど」

六本木のケーキ専門店の二階にある、洒落た喫茶室で、私と「関東経済」の編集長、遠山は、向かいあっていた。

持ってこられたアイス・コーヒーを一気に飲み干すと、遠山は、通りかかったウェイターに空のグラスをさし出した。

「これ、お代わり」

昼さがりの喫茶室では、見合いと思《おぼ》しき男女とその取り巻きの一行が、窓ぎわのボックスを占領し、作ったような笑い声が洩れていた。

明るいヴェージュのスーツの前をくつろげると、遠山は大きく吐息して、フィルター・パイプにラークをねじこんだ。

「若いのを二人ばかり、調べに出しましたんですがな、M社の総務とツルんどる東亜組の総会屋グループにかなり妨害されたらしいですわ。〝手ぇ引かんと命ない〟ぐらいに言われて」

「それでひきさがる、あんたじゃないだろう」私はいった。

「そりゃ、もう。すぐに、東亜のところの本部に電話入れましてな、総会担当の事務所張っとる、村井という幹部を呼び出したんです。それで、

〝村井さん、こりゃどういうこっちゃ。うちは、M社とは前から取引きあるし、賛助金も貰《もろ》うとる。今さら、お宅の顔に泥を塗ろうちゅう気はないんじゃ。あんただって、わしんところとは永いつきあいじゃろが〟

て、いうてやりましたんですわ。すると、奴がいうには、

〝遠山さん、今度だけは勘弁してくれ。あんたのところの若い衆が問い合わせてきた一件だけは、触っちゃいかんのや。東亜の親父っさんからも、きつくいわれとる〟

こうなんです。それでまあ、
〃ほう、Wプランちゅうのは、そんなに大変なもんかいな〃
とトボけてみせると、
〃遠山はん、悪いことといわん。手ぇ引いた方がいい。おととし、去年と、一匹狼の総会屋が二人、Wプランを追っかけて殺《や》られとる。俺は、あんたを殺ってくれるよう、上に頼むのは嫌だからな〃
と、いいよりましたん。
〃村井はん、あんた大分びびっとるようやけど、あんた自身は、そのWプランのこと知っとるのかの〃
と訊きましたら、
〃いや、俺もよく知らん。多分、うちの親父も知らんのじゃないかな。唯、M社の幹部連から、Wプランに関する情報だけは押さえてくれと親父が、かなり貰っとるようなんだ。なんでも、そのWプランて奴の実体を知っとるのは、M社でも社長以下、ほんの一握りの連中らしい。だから、もしWプランの内容をさぐり出した奴がいたら、そいつは、下手《へた》すりゃあっさり消されるか、うまくやりゃ百年でも遊んで暮らせるだけの金をM社からしぼりとれるって話だぜ。だが、ここまでやりとげた遠山さんのことだ、何も好きこのんでヤバい橋を渡ることはあるまい〟

といわれましたわ」

東亜組は、関東最大の広域暴力団である。

総会屋は、暴力団直系のものから、遠山のように一匹狼まで色々いるが、大てい上部の連中は横のつながりをもっている。

つながりをもたないのは、事務所も機関誌もない、強請《ゆすり》屋のたぐいだが、彼らはよほどうまく立ち回らぬ限り、東亜組のような大組織に消される運命にある。

「これ以上つっこむには、直接、北川なり、M社の幹部にあたるしかありませんわ。玉砕覚悟ですな」

遠山は二杯目のアイス・コーヒーのグラスにストローをさしこみながらいった。

「いや、それはいい。どうやらWプランが途方もない計画だということがはっきりしたようだ。で、あんたがこの間いってた、スパイがからんでいるという話はどうなんだ」

「それについちゃ、ちょっと耳よりな話があるんですわ」

遠山は声をひそめた。私は、この男の芝居がかった身ぶりに苦笑した。しかし、この男のそういった仕草は、すべて計算された演出である。

「嘘か本当か、スパイがからんどるという根拠はですな、北川ともう一人Wプランの立案者がいて、二人でその計画を練りあげたらしいんだが、そのもう一人の人間てのがＣＩＡのスパイだったということらしいんですわ」

私は煙草に火をつけて、ガラステーブルにおかれた水のグラスを持ちあげた。底がおとした輪がくっきりと、そこにはつき、真ん中に露がういている。指でなぞると小さな水溜《みずたま》りになった。

「どこで手に入れた話だ？」

「そいつはちょっと。だけど、こいつを聞かしてくれた奴にもそれ以上はわからんということです。たとえば、そのＣＩＡの奴の名前とかはね」

「そうか」

「どうします、加賀はん。玉砕させる気ですか？　わしに」

「いや、北川には直接、私が当たる。色々とすまなかった。経費は、社の方に要求してくれ」

「へえ。だけど、加賀はん？」

「何んだ」

「あんた、ここんところ社長とうまくないんじゃないですか」

「どうして？」

「いや別に、わけはありません。あの松宮さんてのはえらい冷たい人だが、前はあんただけには心を許しとるところがあるように思っていましたわ。あんたの腕を高《たこ》う買っとったようだし。そりゃ確かに、あんたは今でも松宮貿易ではピカ一の腕だっしゃろ。でも最近は、あんたのことをうとましがっとるような節も感じますんや」

「何か、証拠でもあるのか」

「いやあ、別に。ただ、勘ですわ。気にさわったら勘弁して下さい」

「大丈夫だ」

私はいい捨てて立ち上がった。組織外の人間であるだけに、松宮も心理上の変化を読みとらせてしまうスキを見せてしまったのかもしれない。

その日のうちに、私は北川に直接ぶつかるつもりであった。

彼に直接会おうと、会社に赴くならば、それなりの切り札を用意しておかねばならない。

第一に考えられるのは工藤美里である。

私が彼女の身柄をあずかっていることを告げたなら、北川は必ず私との話合いに応じる筈だ。

話合いに応じたとして、果たして彼の口を割らせることが可能であろうか。

松宮貿易は、これまでにも情報をさぐりだすためには、いかなる手段をも問わなかった。

買収、脅迫、精神的な拷問に等しい方法を使っての揺さぶり、そして時には、薬品投与すら行っている。

ただ、北川という男は滅多なことでは口を割らぬであろうし、また誘拐――薬品投与などという手段を使うには大物すぎる。生きて帰す限り、どのような報復を試みるかわからない。といって、北川の命を奪うのは、無意味である。

だが、北川に対する、揺さぶりの方法として、工藤美里の件を話すなら、私は一人で行かなければならない。松宮社長に、絶対に知られてはならないのだ。

惹かれている女を、カードにしてまで目的を果たそうとしているにもかかわらず、私は自分の立場を正当化しようとしていた。

丸の内のM社に入る前、私は拳銃をホルスターごと外し、車に積んでいた小さな手提げ鞄に納めていた。

本社ロビーで入館者をチェックしている警備員の中には、以前警察官であった人間もいる。彼らは保安担当員として優遇されているのだ。館内は、殆どの場所にテレビ・カメラが仕掛けられ、別室の保安員がチェックしている。

一階フロアの半分を占める、広大なロビーには、壁画の他はこれといった装飾を施していない。それも皆、侵入者が遮蔽物《しゃへいぶつ》を求めぬための計算の結果である。

ロビー正面奥の受付には、二人の女子社員と四名の制服警備員が立っている。

他にもスーツを着た男が二人、ロビー入口におかれたデスクにかけている。彼らもまた、私服の保安員である。

ボディ・チェックまではしないだろうが、洋服の下の拳銃を見抜くだけの眼力は持っているにちがいない。

過激派からの攻撃、破壊活動に神経をとがらしているのだ。

彼らのそういった警戒心を、懸念だけでなく、具体的に人物調査に移し、立証するのが私の属していた防諜セクションの業務である。

ただし、松宮貿易は一企業のために動いたことはない。

受付の人間に、私は来意を告げた。既に北川本人には電話で短く話をしておいたのだ。

会議を終えた直後であることが、北川本人に到達するまでに電話で応対した二人の秘書の言葉でうかがえた。

一般企業の、正規の退社時間である、五時に、数分を残した時刻であった。

館内電話で確認をとった後、受付の女子社員は、案内役の男子社員がエレベーターで降りてくるまで、私をロビーで待たせた。そして、その間に、私の名を記入したネーム・プレートを胸につけるよう指示を与えた。

プレートの裏には、入館時刻とナンバーが打たれている。

五十がらみの、スリー・ピースを着た物腰の柔らかな男が、私を迎えに現われた。

私は北川に、名前の他は、自分の立場を告げていなかった。おそらく、総会屋関係と見て、総務の人間をよこしたにちがいない。だが、彼はそこで私をごまかすことはしないと、私は考えていた。

予想通り、私は応接室に通され待たされた。

〝北川は忙しいので、代わりに私がお話をうかがわせていただきます〟などという見えすいた手口を使ってこなかったことだけには、私は安心した。

二十畳ほどの応接室は、M社本館十八階建てビルの十四階にあった。無論、第何応接室かは知らないが、十四階全体が一種の、来客者に対する面接用フロアになっているようだった。

ということは、すべての部屋にそれなりの処置が施されているという意味である。

出された茶が冷めぬうちに、北川は現われた。

中肉中背、五十六歳という年齢より、はるかに若く見える。頭髪は黒々としていて、きちんと分け目が入り、冷たいが整っている容貌をやわらげるためか、メタル・フレームではない、茶のフチの眼鏡をかけている。本人であることは、既に度重なる尾行と、資料で、確認ずみだ。

「お待たせしました、北川です」

何の表情も、その面にはうかんでいない。

私は、彼が入室すると、すぐに立ち上がった。

型通りに、忙中を邪魔したことを詫《わ》びると、私はいった。

「ここではなく、北川さんのお部屋でお話したいのですが」

「ほう?」

「ロビーには、とても感じの良いバック・グラウンド・ミュージックが流れていましたな。ですが、こちらの応接室には流れていない——どうも内密な話には向かぬようです」

北川は無言で私を見つめた。盗聴器は無論のこと、盗視カメラもすえつけてあると、私はにらんでいた。

「よろしいでしょう。こちらへ」

北川は、頷くと先に立った。

十五階が役員専用フロアであった。私はそこで、やはり二十畳ほどの広さを持つ彼の部屋に案内された。

巨大なデスクと二面の壁を占領する本棚、テレビジョン、透明アクリル板に描かれた世界地図、そして応接セットが、毛脚の長いカーペットをしきつめた部屋におかれている。

「ここには、何もしかけてありませんから、御心配なく」

北川は、私の向かいに腰をおろすといった。

セットのテーブルの上には、シガレット・ケース、ライター、灰皿の他に、もうひとつ私の興味をひくものがおかれていた。円筒型の、無細工な石膏像のようなものである。

「佐野課長、それから工藤美里の現在についてお話があるということですが……」

無表情のまま、北川は切り崩しにかかった。おそらく、盗聴器はしかけてなくとも、すぐ手の届くところに警報スイッチがすえられているにちがいない。

「佐野という課長が亡くなったとき、私はその場に居あわせたんです」

「しかし、佐野君は――」

「病死でしたな、確か。課長ていどだから、新聞の死亡欄にのることもなかったようですが、遺族の方は、そういう形の納得を余儀なくされた」

私はいった。あの夜、工藤美里に告げたように、彼女のマンションでの銃撃戦は、マスコミには一切知られずに隠蔽されていた。

松宮が銃撃戦のことを知っていたのは、おそらく、T・F・Eの監視を行っていた経理部からもたらされた情報であろう。

「なるほど」

北川は、淡いグレイのスーツの前で腕を組んだ。

「北川さん、あなたの方が私より、一枚も二枚も上手だ。だから私は、あなたに幾つか自分の知っていることを話す。私の身分、その他、どのように考えて下さっても結構。私が知りたいのはひとつだけだ」

北川の瞳が、わずかに細まったような気がした。私は続けた。

「Wプラン、それについてです」

「加賀さん、あなたが何を考えていらっしゃるか、私にはわかりませんな。Wプランなどというものを私は知らない」

「よろしい――」

私はいった。

「幾つか、カードを明かしましょう。あなたの知らぬこともあるだろう。まずひとつ、何日か前、あなたが、関西出張中のことになるが、元麻布で早朝、一人のアメリカ人の死体が発見された。その男の名は、ルイス・タイラー、アメリカ商務省、観光局の職員として一九六八年から日本に来ていた人物です。彼の役職は観光局の総務部次長であったが、もうひとつ別の仕事をしていた。と、いうよりは、そちらが本業で商務省の身分は隠れミノだった。その本業というのは、アメリカ中央情報局の局員で、あなたの知らぬことを付け加えるなら、彼はフロントと呼ばれる渉外工作担当のエージエントだった。

タイラーは、事故死と発表されたが、実は拳銃で射殺されたのだ。そして、殺された晩、彼は二人の日本人男女と、六本木のクラブ『サルーサ』で会っていた。その男女とは、あなたがひきいるプロジェクト・チームの人間で、M社の社員の山岡と工藤美里だった。事件の直後、山岡はサウジアラビアに出張している。だが、女子社員で、本来は秘書部の人間である工藤美里を外国に飛ばすことは、あなたにもできなかった。山岡は、タイラーとその死についてある程度知っていたが、彼女はちがったからだ。だが、あなたは、タイラーに関するあの夜の話が外部に洩れるのを恐れた。そこで、彼女に厳重な護衛と監視をつけたのだ。監視役の一人が、病死したという佐野課長だった。彼は、病死したのではなく、射殺されたのだ。私は誰が、何のために射殺したのかも知っている」

私は言葉を切った。

北川の表情は変わらなかった。ただ、短く、

「それで?」

と、促した。

「佐野課長を射殺した人間達の目的は、工藤美里だった。その男達は、工藤美里を誘拐し、ルイス・タイラーに関する情報を、彼女からひき出そうとしたのだ。それで、障害になった佐野を射殺したのだ。

だが、工藤美里は、彼らに拉致されはしなかったんですよ。彼らというのは、タイラーが属していたCIAの人間だが、タイラーとは、職質を全く異にする連中でね。いわゆる非合法活動専門のT・F・Eというグループに属している。暗殺や、誘拐、

拷問などが、T・F・Eの仕事なんだ」

北川は、無言で、テーブルの上の円筒型のものに手をのばした。片手で持てるほどの大きさだが、重量は結構あるようだった。

それをもてあそびながら、北川はいった。

「加賀さん、これを御存知ですか」

私は答えなかった。

「これは、コアといいましてね――」

「地層見本だ。石油試掘のときに採取される。石油企業では、情報のかたまりとして、トップレベルの秘密に属する。それが、いつ、どこで採取されたかにより、油田の位置、埋蔵量が明らかになるからだ」

私は北川の言葉をひきついだ。北川は驚いたように眉根を上げた。

「御存知でしたか。なるほど……。どうやら、あなたの御仕事が少しずつわかってきました」

いったん口を閉じたが、シガレット・ケースの蓋《ふた》を開け、煙草を私に勧めてつづけた。

「どうぞ。私は吸わないんですが――やめたという方が正確かな。匂いは嫌いじゃない。

　ところで、工藤君は元気ですか」

「あなたを尊敬していると、いっていた」

「そうですか。元気ならば、良かった……」

「話してもらえますか、Ｗプランについて」

　北川は黙った。そして、一本の煙草を取りあげると、口元にもっていった。くわえて、ライターの火を近づけかけたところで、ライターの蓋を閉じた。

「いや、よしましょう。せっかく十年以上も禁煙してきたのだ」

　そして、私の顔を見つめた。

「お話しましょうか。Ｗプランのことを」


　私が尾行に気づいたのは、Ｍ社から牧野が盗聴工作を行っている、六本木のマンションに向かう途中であった。丸の内から六本木までの距離は遠くない。

　本来ならば、気づかぬ相手であった。だが北川の話を聞いた後でもあり、私は敏感になっていた。尾行者の目的が、単に私の行動を見張るためのものか、命を狙ったものかはわからない。

考えられるのは、T・F・Eの連中が私を追跡することにより、工藤美里の行先をつきとめようとしていることだ。

私はバックミラーに注意した。松宮貿易に向かうコースを外れて、車の少ない道へと誘導する。

追ってきた車は、白のグロリアであった。

自動車に於《お》いても、尾行を一台だけで試みるということはありえない。もし、彼らが機動力を持ち、牽制のためでなく私を尾行しているとすれば、尾行車はすぐにも交替するはずである。

二十分近く、渋滞ぎみの都心部を私は走り回った。グロリアは執拗に私のあとを追跡している。

二人の人間が乗っていることは、わかっている。尾行に気づいていることを知って尚、彼らに変化はない。

彼らを率いたまま、松宮貿易に向かうのは賢明とはいえない。

だが、こちらが気づいたことを知ってやめないのには、もうひとつの理由も考えられる。

私は腹部が、緊張にひきしまるのを感じた。

彼らが私を暗殺するつもりならば、私を追いつめようとするかもしれない。幼稚な方法だが。

T・F・Eか。

さもなければ——。

私が知ったWプランの大要は、驚くべきものであった。私は、もし北川が私の話を聞いても協力する意志を示さぬ場合に備えて、もうひとつの切り札を用意していた。それは、弟である。国会議員の福地にとっては、致命的なスキャンダルをもたらす、愛人との生活の盗聴テープであった。

北川がもし、Wプランについて話すのを拒めば、私はそれと引き換えてでも、彼から情報をひき出すつもりだったのだ。

私は車首を巡らすと、渋滞の最も激しいと思われる三宅坂方面に向かった。

案の定、宵闇の中で、勾配のゆるやかな三車線の道路は、首都高速に出入する車も併せて、完全な停止状態となっていた。私は、中央車線に車をつけ、前方信号が青でも流れが運行しないのを確認すると、キィを抜き、車を降りた。

白のグロリアは二台後ろの中央車線についている。

事態に初めて気づいた後方の車が、怒り狂ったクラクションを鳴らし始めるのを無視して、地下鉄の入口へと急いだ。

おそらく一人が車から降りて私を追跡してくるにちがいない。

そのあたりは、歩行者は意外に少ない地域である。

私は振り返らずに、赤坂の方に向かって歩き続けた。

停車して道路状況を監視していた交通巡査が異変に気づき、流れに栓をしている私の車に小走りで駆け寄っていった。

背後は、すでに激しいクラクションの合唱である。

国立劇場の前の、下り坂の曲がり角をすぎると、私は素早く、植え込みの背後に回った。

すぐに、夏物の淡いグレイのスーツを着け、サングラス風の眼鏡をかけた二十七、八の男が角を越えて現われた。

男は、曲がり終えた途端、立ち止まり、あたりを見回した。私の姿を見失ったのだ。

私は背後に忍び寄り、素早く腎臓に突きを入れた。低く呻いて、膝がくずれるのを、肩に腕を回して支え、左の拳《こぶし》で喉を殴った。

男は昏倒した。

手早く、男の背広の内側を探った。あたりに目を配りながらの仕事だった。

左の腰に、三十八口径のリボルバーを吊っている。警察の官給拳銃であった。

刑事か、と一瞬思ったが、警察手帳を含めて、身分証の類は、まったく身につけていない。男の顔に見覚えはない。すでに二度、出会っている、T・F・Eの日系工作員ではなかった。私は、男の体を石垣にもたせると、その場を離れた。

男が、果たして何者であったのか、疑問を懸命に解こうと試みつつ、私は地下鉄で六本木に向かった。

あの男が私を、少なくともあの場で殺すつもりではなかったことは確かだ。消音器も持たず、刃物や絞殺に使うピアノ線も所持していなかった。

もし、素手で私を殺す気でいたなら、私の正体を知っている以上、もっと優れた能力の男でなければ不可能である。

松宮貿易の社員は、非合法活動工作員としての厳しい訓練を受けている。銃器を使用せずに殺すのは簡単ではない。

六本木の地下鉄の出口から、私は再び尾行に注意しながら、牧野が盗聴工作を行っているマンションへと向かった。

Wプラン――もし、それに関する北川の話が正しいとすれば、私達は皆、踊らされていたことになる。

Wプランとは即ち、五二六作戦の発動理由そのものであった。

クーデター計画。

それは、非常に巧妙な計画である。日本と外交があり尚かつ未《いま》だ、価値ある資源を日本に提供するという点では経済ラインが確立されていない国家。それも、政権が、思想的、宗教的、いかなる理由であれ、不安定であるなら申し分はない。

密《ひそ》かに、資金、武器を革命派に提供することによって、政権を倒すクーデターを反政府分子にくわだてさせる。と、同時に不穏になってきた政情を安定させようと躍起になる、政府側にも同様の方法で恩を売るのだ。

莫大な資金と、人命を費す計画である。

しかし、クーデター計画がどちらに転んでも、M社は勝者に対して、絶大な利権を請求しうる立場におかれる。

卑劣だが、効果的な手段である。密かに、不穏の種をバラまき、両天秤をかける。

無論、敵対する二派の支援が同一企業によって行われたことを、絶対に知られてはならない。

そのためには、幽霊企業、あるいは存在しない過激思想グループの名を使う。時として、実在する過激派グループを通じて資金援助をすることも可能である。

だが、この卑劣極まりなく、かつ緻密《ちみつ》に計算された計画――Wプランはついに陽の
目を見ることはなかったのだ。
　それは、万一、どこかの国で勃発したクーデターがM社によって糸を引かれていた
ことが、全世界に露見した場合の危険性を、重役陣が憂慮した結果である。
　M社一企業が大打撃をこうむるだけではすまぬことは明らかであった。日本という
国家の存在そのものに、波及しかねないのだ。
　こうしてWプランはついに実行に移されることなく、単なるプランとして、超極秘
条項に分類されると、M社の中央統合コンピューターに記録されるに留まった。
　そして、このWプランの概要を知る者は、北川を含む、M社の重役陣、そして北川
の直属の部下である、プロジェクト・チームの幹部だけとなった。
　ただし、それはあくまでも、M社内のことであった。北川がWプランを起案したの
は、二年前だったが、実はWプランを作製した人物は北川一人ではなかったのだ。
ルイス・タイラーが、北川と二人で作りあげたものであった。タイラーは、北川が
一橋を卒業した後留学した、アメリカの州立大での同級生であり、それ以来の親友で
あった。
　北川はタイラーがCIAに入局したのも知って、交際を続けていたのだ。Wプラン

を作製した当時、この計画は二人の男にとっては、あくまでも知的なゲームとして考えられていた。

従って、タイラーは、まさかWプランを、北川が社の計画として起案するとは考えず、情報機関員としての経験を、Wプラン作製に生かしたのだった。

二人が計画を完璧に練り上げるまで、一年を要したと北川はいった。

北川は、タイラーに無断で、WプランをM社内で起案し、それは、棄決されることになった。ある程度、北川も予測した結果であった。

だが、二年後、この東京でその幻のWプランが甦《よみがえ》ったのだった。

ベルギーへの武器の発注、そして産油国でのクーデターの噂。Wプランの重要なポイントは、クーデター計画の露見にある。プランを実行する国家の現政府に、恩を売るためには、クーデター計画の存在を、政府側の人間が知っておく必要があるのだ。Wプランが、あくまでも、現政府と、クーデター派との両天秤をかけるものである以上、それは不可欠なのである。

在京情報機関の各組織が、クーデター計画の真偽を疑って、一斉に動き始め、やがてベルギーへの武器発注者を必死につきとめようと努力している最中で、ただ一人、ルイス・タイラーだけは、このクーデター計画の状況が、かつて自分達が立てたゲームのプランに酷似していることに気づいていたのだ。

タイラーが、緊急に北川に面会を求めたのはそのためであった。

在京各機関の動きが激しくなり、フロントとしての自分の動きが必ず、他の情報機関の注目の的になることを予期したタイラーは、あの晩、山岡と工藤美里を通じて、自分の疑念をはらそうとしたのだった。

――私は、翌日山岡から、Wプランを密かにキタガワは実行に移したのではないか、とタイラーがいっていたと聞かされ仰天しました。もちろん私には、東京の情報機関に、あの国のクーデター計画の噂が流れていることなど、知る術もなかったのですから。

北川はいった。

――だが、その状況は、Wプランとあまりにも酷似していた。そうですね。

――おそらく、それでタイラーも驚き、慌てたのでしょう。しかも、私が密かに調べた結果、確かに何者かが、社の中央統合コンピューターからWプランに関する情報をひき出しているのです。

――Wプランには、日本の、あるいはどこか別の国の政治家をキィ・ポイントに置くという条件はありましたか？

私がそれを訊ねたとき、北川は怪訝な表情を浮かべた。無論、北川は、弟の名がクーデター計画の支援者としてあがっていることなど知らない。

私は、Wプランを実行に移したのが、何者にせよ、北川ではないと思った。もし、北川ならば、架空の支援者として自分の弟の名を使うはずがないからだ。

こうして、タイラーがクレインに命じた、仕事の内容も納得がゆく。タイラーは、何者がWプランを盗み出し、実行に移したか知ろうとしたのだ。

そして、タイラーは北川の部下二人に会った直後、殺されることになる。

どこの国家にも属さぬ、情報機関——タイラーは、そういった組織がWプランを盗み出し、実行に移したと考えたのだ。

北川は、自社以外の企業が、実行したのではないかと、真っ先に考えたという。しかし、Wプランは莫大な資金を要するし、少なくとも、その規模において、日本の他企業がやったとは考えられないのだ。

六本木の、牧野のマンションに着いた時、異変に気づいた。まだ、午後八時を回った時刻であるにもかかわらず、牧野が工作をしている部屋の窓が暗い。

部屋は四階であった。

私はエレベーターを降りると、上着の前を開けた。拳銃を抜いて、消音器を装着し、上着の中に右手をさしこんだ格好で、それを隠しながら、左手でノブを回す。

鍵はかかっていなかった。ドアを大きく開け放つと、ノブ側の壁ぎわに背を押しつけた。強力なカッターで切断されたと思しき、チェーンの切れ端がドアにぶつかり音をたてた。中に飛びこむのは、自殺したくなったときでよい。廊下の灯りが室内に流れこんだ。室内での人の動きは感じない。

そのままの姿勢で五分近く、私は待った。

拳銃のグリップが汗でぬらつく。

ゆっくりと目を室内に向けるべく、頭を出した。体をかがめ、通常の人間の頭の位置よりは、五十センチは低く。

うつぶせに横たわっている男の後ろ姿が見えた。そして、その奥、窓ぎわに機材がちらばっている。

エレベーターが上がってくる、ヒューンという音が廊下にひびいた。

私は拳銃を上着の下から抜き出すと、後ろ手にドアを閉じながら、室内に入った。

灯りをつける。

弾丸は飛んでこなかった。

スーツを着た大男が、牧野が盗聴工作をしていた部屋の中央に横たわっている。

その頭の向こうで、牧野がうずくまっていた。小さくいびきをかいている。

部屋の中は、強烈な薬品の香りがした。決して、知らぬ匂いではない。

クロロフォルム。

私は、パジャマ姿の牧野に近よった。首すじに指をあてると、ゆったりとした脈があった。

おそらく、気づいたときは、激しい吐き気と頭痛に見舞われるだろう。

私は、室内をもう一度見回した。牧野が編集していたテープが一本も残っていない。盗聴したテープは、私が北川への切り札として持っていった、最も馬鹿げたテープ以外、すべてが持ち去られていた。

唇をかみ、うつぶせの大男の方を振り向いた。仰《あお》むけにするべく、男の肩に手をかけたとき、男が死んでいるのがわかった。

仰向けにした。

口ヒゲをはやした、色の浅黒い外国人だった。シルバー・グレイのスーツの下に、白地にグレイのストライプが入ったシャツを着ている。

左胸部に一発だけ、銃創があった。接射だが、貫通はしていない。おそらく、二十二か二十五の小口径の拳銃に消音器を付けて、撃ったのだろう。その結果、体内に弾丸が残ったのだ。

消音器は弾丸の貫通力を、かなり弱める。

拳銃をホルスターに戻すと、玄関に行き、ドアをロックした。

「…………」

牧野が呻き、目を開いた。

焦点が合い、私を見つめると、急に咳こんで口を押さえ、バスルームに突進した。

その間に、私は、死体の所持品を捜した。

財布も、小銭もハンカチも、ポケットには何も入っていない。しかし、この男が何者かは、知っていた。

十五分程、牧野はバスルームから出てこなかった。

水が流れる音がやっとやみ、現われると真っ白な面を、私と死体に向けた。

「誰だ――」

そういいかけて、再び咳こんだ。

私は死体の傍らから立ち上がると、窓を開けて、胸の悪くなる匂いを追い出した。

現場保全は、警察が乗り出す事件の場合の話だ。

「失踪していた、陸軍情報部のアサド中佐だ。射殺されている」

ぼんやりと立っている牧野にいった。訓練を受けていようと、こういった場合、人間が示す反応は変えられない。

「何だ、と……」

「すわれ、立っているのはつらいだろう」

うずくまると、薄い髪の下で、脂汗が地肌に光った。

「何があった？」

「福地のところに、奇妙な電話があった。昼間、二度ほど。取ると、何もいわずに切る。俺は、臭いと思って久し振りに緊張して、盗聴していた。今日の夕方、電話がまた鳴った。俺がヘッドフォンをはめ、聞いていると、いつのまにか部屋に入ってきた奴らがいた。二人組だ。日本人で、そいつらにやられた。今まで、眠りこんでいたらしい」

「何時頃だ」

「加賀がテープを持っていった直後だ。午後五時、ぐらいか」

尾行は、ここから始まっていたのかもしれない。うかつであった。

「電話のタイミングが良すぎるな。おそらく、そっちの気をそらすためだろう。襲った奴らは、こっちが福地を盗聴していることを知っていたにちがいない。テープを残らず、持っていっている」

「なぜ、だ」

牧野は、あっけにとられたようにいった。

「ここにあったテープはなにひとつ証拠にはならん。結局、その電話以外は、福地を怪しむような内容はないのだから」

「だから、持っていったのかもしれない」

私はつぶやいて、アサドの死体を見下ろした。何のために、ここに置いていったのか。ここで殺したのではないことは、死体の様子でわかった。少なくとも一日は、死後経過している。

警告か、罠か。

そう考えて、体がひきしまった。もし、死体を置いていった連中が、陸軍情報部か、秘密警察に密告すれば、とんでもないことになる。

「ここを出よう」

蒼ざめた顔で牧野は頷いた。手早く、機材を畳むと、私達は両手に機械を抱えて部屋を出た。

「車は?」

私は牧野に訊ねた。

「近くの駐車場に置いてある」

「じゃあ、すまないがその車を私に貸してくれ。タクシーで社まで行って欲しい」

「ここを見張るのか」

「そうだ」

「よし」

牧野は頷いて、着替えた上着の内側から、車のキィを取り出すと渡した。

「そこのビルの地下だ」

「わかった。じゃあ、頼む」

牧野がタクシーに乗りこむのを見送ると、私は駐車場に向けて歩き出した。

この後、何者かがこのマンションを訪れるか車の中から見張るつもりであった。

見張り続けながら私は考えていた。

北川の言葉が真実ならば、Wプランを盗み出し、実行に移した人物が、タイラーを殺したにちがいない。味方以外は、余程の事情がない限り殺さぬ、諜報戦にあって、フロント・エージェントであったタイラーを殺さなければならぬ他の理由は考えられない。

仮に、どこかの国の情報機関が、それを演出したとするならば――。

ＣＩＡ――ありえない。タイラーをそのために殺すには、得るものが乏しすぎる。

それに、Ｔ・Ｆ・Ｅがあそこまで動く必要はない。

ＫＧＢ――ＣＩＡよりはありえるとしても、現在は、中国との問題に彼らはかかりきりで、そんな余裕はない。

第一に、どこの国の情報機関にせよ、フリー・ランサーを殺すような馬鹿げた真似をする者はいまい。一人、二人ならば考えられる。しかし、五二六作戦では、実に九人のフリー・ランサーまたは公安スパイが姿を消している。

たとえ消耗品とはいえ、利用できるだけ利用するのが、彼らの使い方である。あっさり殺しているのは、噂の出元をつきとめられぬようにするためとしか、考えられない。

どこの国にも属さぬ情報機関。

クレインは、アサドも、タイラーのように自国のクーデター計画を信じていなかったといった。

信じぬ者――いい換えればクーデター計画の背後にあるものを探った人間が、タイラーとアサドであったわけだ。

松宮貿易も、Ｔ・Ｆ・Ｅも、そしてあの国の秘密警察局も、躍らされていた。

何者に？

Wプランを盗み出すことができた人間。

各情報機関の動きに精通していて、とりわけ、松宮貿易の作戦内容を知っている人間。

この六本木のマンションを知っていなければならないのだ。

私は、予想以上に早く、T・F・Eや秘密警察局が、クレインの隠れ家をつきとめたことを思い出した。

苦く、嫌なものが口中に広がった。

ダブル・スパイ――松宮貿易の中に裏切り者がいれば、その人物なら必要な情報を(Wプランをのぞき)もたらすことができる。

自分の組織に。

私の乗っている車の後ろに、一台の車が止まった。見覚えのある車だ。

松宮貿易の原と上村であった。

「牧野から聞いた。社に戻れ、交代する」

上村が車の窓から首をのぞかせていった。

「了解」

私は車を出した。午後十時を過ぎている。タクシーの行列が進路を阻んでいる。六本木が混み出す時間だ。

雨はふっていないが、むし暑い晩だった。ねっとりと、湿った大気が肌にまとわりつく。三宅坂まで私を尾行してきた男達も、新組織の人間だったのであろうか。

私は、タイラーの考えを信じ始めていた。

松宮貿易に戻ると、私は松宮に、北川から訊き出したWプランの概要を話した。ただし、工藤美里を私が保護していることはいわない。なぜ、北川がそこまで私に協力的であったかを、松宮がいぶかしむことはわかっていたが、私は絶対に彼女のことを話すつもりはなかった。

「新たなグループによる犯行だというのか」

松宮は、あの晩からずっとデスクの奥にかけているように見えた。病んでいるのか、疲労しているのか、健康なのか、そのすべてを表わすことのない、土色の顔を私に向けて問うた。

「タイラー、アサドを殺し、牧野の部屋からテープを奪ったグループは同一のものだと考えられます」

「なぜ、牧野は殺さなかった?」

松宮はいった。

「わかりません。アサドの死体をあの部屋に置いていった理由も」

松宮は黙った。彼も気づいているはずである。松宮貿易における、すべての情報の流れを把握しているのは、この男ただ一人だ。

松宮は、自分の組織に汚染が生じているのではないかという、危機感を密かに抱いているにちがいない。

「福地はシロです。東京で実行に移されたのがWプランであるなら、彼はダミーにされたにすぎない」

「ではなぜ、テープを奪った？　牧野も、君も福地をシロだといい続けてきた。しかし、その証拠のテープを連中が奪ったのはなぜだ？」

松宮は〝連中〟という言葉を使った。

認めたのだ。新たなグループの存在を。

私は黙っていた。ここで、私と松宮がいくら議論を展開したところで、何の証拠にもならない。それに、福地がシロであるがゆえに、その証拠を新組織が奪っていったというのは、弱い反論であった。

松宮も言葉を継がなかった。自分の足元で汚染が生じはじめているという可能性の検討に忙しかったにちがいない。

前の年、ニューヨーク支社での汚染を――それも同サイド工作員に情報を流すという種類の汚染を――許せなかった男だ。汚染の元凶をつきとめられぬ場合は、少しでも可能性のある社員、すべてを抹殺しかねない。

今、工藤美里のことをこの男に知られたら、私はまちがいなく汚染していると決定されるだろう。

不意に、松宮のデスクの上の電話が鳴った。二本あるうちの、外線直入の方だ。社員が使用するのは緊急事態である。

冴えない顔色とは裏腹に、目にもとまらぬ動きで松宮は受話器を取り上げた。

「松宮だ……」

「…………」

「わかった。総務の者を……。了解」

受話器をおろして、松宮は椅子の背もたれに、深く体をあずけた。茶の三つ揃いに皺がかなり寄っている。

一瞬、目を閉じた。

「原からだ。張り込み中の二人を、秘密警察局らしい連中が襲撃した」

目を開いた。視線がデスクの上をさまよい、クリスタルの灰皿でとまった。

短く、年輪を刻んだ指がそのへりをなぞる。その表面に指紋が幾重にもつき、曇りを生んでいることに、私は気づいた。

「上村が死んだ。原は負傷している。総務の者を迎えにやろうと思ったが、自分で帰ってくるといった」

それから、松宮は内線電話を取った。

「警備室、原が帰社する。六本木方面からだ。追尾する者がいないか、警備車を出せ。もしいたら……、撃滅せよ」

受話器をおろした。

撃滅。普段、社員に対する追尾者を確認した場合、下される命令は〝攪乱《かくらん》〟である。

〝撃滅〟は即ち、一名たりとも生かして帰すなということを意味する。

「原の怪我はひどいのですか」

私は訊ねた。

警備車が支援に出ねば、追尾者をまけないというのならかなりの重傷である。

「わからん。それよりなぜ、上村と原が襲われたのかということだ」

言外の意味を感じとるのに、わずかな時間を要した。

私がマンションの前で張りこんでいた一時間半というものは、何者もそこを訪れなかった。交代して後、原と上村が襲われた。

即ち、なぜ私は襲われなかったのか。

マンションの張り込みを考えついたのは、私である。私が無事で帰れたのは単なる時間差の問題なのか。

内線電話が鳴った。松宮が取り、返事を与える。

受話器をおろすと私にいった。

「原が戻った。この階まで昇ってきている。会議室だ」

私と松宮は会議室に向かった。

灰色の、くすんだビルの、機能性だけの乾燥した部屋。

上半身を露出した原が、三交代で常駐している社の医師に治療を受けていた。

左肩に貫通銃創を受けている。

私達が入ってゆくと、原は天井の蛍光灯の光がまぶしそうに、私を見つめた。

「上村の遺体は?」

松宮が訊ねると、視線を私から外すことなく答えた。

「地下駐車場の車の中です。私をかばおうとして五発射たれました。やつ、奴らは自動小銃を持っていた。イングラムです」

顔色が変わり、吐き気をこらえるように口を閉じた。

「どうして、秘密警察局の人間だとわかった？」

「ファイルで、見てました。写真を」

「吐くなら、吐きなさい」

事務的な調子で、医師が原の左腕に注射器をつきたてながらいった。

「だい、大丈夫だ」

生唾《なまつば》で喉仏を動かして原は答えた。

参っている。目の前で同僚が死ぬのを見たのは初めてなのだろう。ニューヨークで支社長を暗殺した時、この男はターゲットとして、見知らぬ男を殺したのだ。

私は踵を返した。

「待て、加賀」

私の背に原の声が飛んだ。私を呼びすてにしたのは初めてだった。

振り返ると、原がかたわらに脱ぎすてた上着を右手でまさぐっていた。何をする気なのかはすぐにわかった。

だが、誰も止めなかった。

医師も、松宮も。

ハイ・スタンダードHDの銃口が私の胸に向けられた。かすかに指先が震えている。口の中が音を立てて乾くような気がした。銃口が向けられたことに対してではない。誰も、松宮も、それを止めなかったことに対してだ。

「何の真似だ」

私は両手をたらして訊ねた。原の腕は知っている。二十二口径の小さな銃弾でも、心臓部なら一発で充分だ。

「加賀、貴様が行ってから奴らはすぐ現われた。一度、あの部屋に昇り、降りてくると、いきなり俺達を撃ってきたんだ。奴らは知っていたんだ、最初から。誰が知らせるんだ？　俺達のことを、え？　誰が、あの部屋と、張り込んでいた俺達のことを知らせたんだ？　いきなり自動小銃をひき出して、撃ちやがった。いいか、六本木のど真ん中だぞ。奴らは、俺も上村さんも、ふ、ふたりとも殺す気だったんだ」

語尾が震え、はね上がった。

「私がやったというのか？」

静かにいった。

「貴様か、牧野か、どちらかなんだ」

「よせ、もう」

叩きつけるように松宮がいった。だが銃口はおりなかった。

「社長、裏切り者がいるんだ。こいつか、牧野が、松宮貿易を売ったんだ。吐かせてやる、吐かせてやる」

松宮の腕がすいと動いた。その手には大きすぎるほどのコルト・コマンダーモデルが握られている。銃口を、ふっと原の額に当てた。

「銃をおろせ、命令だ」

原の腕がゆっくりと下がった。松宮の目配せを受けた医師が鎮静剤を射《う》つ。

私は魅《み》せられたように、松宮の銃を見つめていた。彼が拳銃を携帯しているのを見るのは初めてであった。

立ち去りかけた私の背に、松宮がいった。

「明日、査問会を開く。その後、営業会議だ」

明日の営業本部会議で、松宮はどの程度、五二六作戦について知り得た情報を公開するのであろうか。裏切り者の存在と、新組織の出現を、今では彼も信じている筈である。

しかし、その組織が何を目的としているのか、それは誰も掴んではいない。

新組織の活動は、あまりにも巧妙で、存在そのものを証明する痕跡をわずかしか残していないのだ。

彼らが現在までに行った活動は、Wプランを盗み、始動させ、在京情報機関の動きを攪乱し、自分達の存在を追及した、タイラー、アサド中佐の抹殺である。そして、松宮貿易を大きく捲きこみ、社員の動きを、T・F・E、秘密警察局に内通することにより、社内を混乱させ、正常な工作機能を低下させている。

まるで新組織の目的は、松宮貿易の壊滅であるかのような動きである。

Wプランそのものの実施によって、肥え太る企業はあるのか。もしあるとするならば、そこと新組織の間には深いつながりがあるはずだ。


タイラー、アサド中佐を殺害し、牧野を襲ってテープを奪った男達は、訓練を受けたプロフェッショナルである。日本人にせよ、外国人にせよ、それだけの人間を集め、組織化するのは並大抵の勢力ではない。

私には、今やWプランそのものが、ひとつの手段としか思えなかった。彼らが狙っているものが、経済的な利益だとはどうしても考えられないのだ。

地下鉄の最終電車で、千葉県にある、東京近郊のその衛星都市に降りたったときは、午前一時に近かった。

最後に改札口を出ると、小雨が暗い駅前のロータリィを濡らしていた。数台のタクシーが空車表示の赤いランプを点して止まり、ちゃちな駅ビルの軒下に、ラーメンの屋台が出ている。

それを見たとき、空腹を感じた。ネクタイをゆるめ、歩み寄ると注文した。

駅からバスで二駅のところに立つアパート群のひとつに、工藤美里を私は移していた。

尾行者への警戒から、私はタクシーを使わずに歩いてゆくことにした。一杯のラーメンが疲れきっていた体に熱を与え、同時に睡眠を全身が求めた。

安っぽい二階建ての建物の一部屋が工藤美里の隠れ家であった。たった一部屋の六畳間と小さな台所に手洗い。

合図のノックの後、チェーン錠をかけたままドアを開いて私を確認した美里は、やっと私を中に招じ入れた。

着のみ着のままで逃亡生活に入った彼女が、この侘《わび》しい住居に飾るものは何もないはずであった。だが、訪ねるごとに、私は部屋の空気が暖かく変わっていくことに驚きを覚えた。

部屋におかれた、調度品、生活用品は、安っぽくはあるが、どれも清潔である。アパートを借りる費用は私が負担したが、それ以外のすべての品物、寝具、食器類、衣服の購入は、彼女からあずかったキャッシュ・カードで私がおろした彼女の預金によってまかなわれていた。

寝室を兼ねる、手狭な部屋のすみにおかれた、小さな白黒テレビが深夜の天気予報を放送している。

部屋に入ると、私達はどちらも言葉を発することなく向かいあった。

「今日、北川に会って来た」

トレーナーとジーンを着けた、美里の目が大きく広がった。だが、動揺を隠すように、面をそむけるといった。

「コーヒー、飲む?」

「貰おう」

部屋には不釣合な、本格的なコーヒー・サイフォンを台所から持ってきて、茶卓の上にのせた。

「駅前のスーパーで売っていたの。おいしいコーヒーを作ることだけは、父の仕込みで自信があったのよ。これで、あなたにも淹《い》れてあげられるわ」

「君の身を心配していた。これを渡すように頼まれたのだ」

私は上着の内側から封筒を取り出して、置いた。額面、五百万円の小切手であった。

美里はアルコール・ランプを点すと、無言で中味をひき出した。じっと見つめていたが、やがていった。

「私の退職金？」

「プラス、口止め料だろう」

「北川常務は、あなたを信じたのね。だからこれを託したのだわ。よかった」

「何が？」

「あなたを信じたこと。私の生活は、あの日以来、根底からひっくりかえったのよ。今のこの生活とも呼べない日々にはいったのも、あなたを信じ、頼ったからだわ。でも独りでいると、疑いや、恐ろしさや色々な気持にさいなまされるの。どうして、私はこんな思いをしなければならないのだろう。一体、いつまでこんなことが続くのかって」

「……………」

「気休めはいわないのね、あなたって」

私が黙っていると、美里は微笑《ほほえ》んだ。

「でも、何か学生の頃に戻ったような気分よ。私の東京生活の最初の振り出しは、大学の女子寮だったの」

「君を必ず助け出す」

「わかってる。あなたはやるわ。このお金、あずけておいてもいい？　あなたに」

「そうしたいのであれば」

「いつか、すべてが解決したら、どこか外国にでも行きましょう。もし、あなたのお仕事にも休暇があるのなら」

休暇はないわけではない。時に、一週間近く、休みをとることもある。すりへった神経や傷んだ肉体をいやすためにだ。

だが、私達はどこへ行くときも拳銃を手放さない。一瞬のやすらぎが、誤れば、永久のものにすりかわらぬとも限らないのだ。

「行こう」

私は笑顔を作り、腕をのばした。熱い体が私の胸にぶつかり、喘いだ。トレーナーの内側に美里は、何も着けていなかった。

熱い体の内側で、私自身も溶けてゆこうとするとき、美里の低く、どこか悲し気な声が私を呼びつづけた。

松宮貿易本社ビルの四階には、三つの会議室があり、それぞれ大、中、小、に分かれている。

査問会は、最も小さな会議室で開かれた。

出席者は、松宮社長、営業本部長即ち、普段は社に姿を見せぬ、内閣調査室副室長の梶井、そして顧問、私の四人である。私の査問が終われば、牧野の順が来る。

会議室にはすべてマイクが仕掛けられ、今はどこかで、そのマイクが拾う音を録音するためにレコーダーが回っているはずだ。

私は向かい合う、三人の男達を見つめた。

昨夜と変わらぬ茶のスリー・ピースを着た松宮。小柄な体がより小さく見える。

松宮とは反対に、グレイのスーツをきりりと着こなした梶井は、高級官僚がすべて持つ、あの独特の匂いを発散させている。

その日、初めて言葉をかわすことになる、顧問の老人。七十歳を超えているはずだが、和服を着た好々爺《こうこうや》という男ではない。彼が身につけているのは、場ちがいなモーニングであった。だが、退官した大学教授という趣きの、曇りのない知性の閃《ひらめ》きを放つ、小さな瞳が、興味深げに私を見つめている。

背すじをきちんとのばし、目の前のデスクの上にイギリス煙草とすりへり丸味をおびた純銀のダンヒルを、角と角を合わすようにきちんと並べている。

おそらく、私の生死を決定する査問会の後に、どこかのホテルで催される結婚式にでも出席するのであろう。

質問は主に、松宮が発した。

梶井にもこの老人にも松宮貿易の動きは逐一、毎日、松宮を通じて連絡がいっている。従って、二人には予備説明の必要はないのだ。

質問の前半は、私がなぜ、どのような経緯を経て、松宮貿易の社員となったかというものであった。無論、三人とも熟知していることである。

私は孤児であったし、私を育てたのは国の機関だった。そこで教育を受け、才能を見出され、より高度な教育を施された。防衛大を卒業したが、自衛隊での実務経験は、訓練過程をのぞけば非常に短い。

問いは、真摯に、私の趣味、性的嗜好にも及んだ。

私はそれらに正確に答えた。正解はすべて彼らの手元にある。

続いて、半ばにさしかかり、五二六作戦開始時からの私の行動に、質問は集中した。

そこで、初めて松宮は工藤美里の失踪についての質問の矢を放った。

「あの日、君は工藤美里と送迎者をマークしていた。機会があれば接触をはかる意図で。そうだな」

「そうです」

質問にはすべて声を発して答えることが義務づけられている。頷きや、かぶりをテープが記録することはないからだ。

「工藤美里の失踪した日と、Ｔ・Ｆ・Ｅの工作員と思われる二人の男が負傷した日は同一だが、心当たりは？」

「ありません。あの日、工藤美里が野方のマンションに到着するまで尾行を続けました。しかし、護衛の社員と二人でマンション内に入るのを見届けた後、自分の判断に基き接触不可能と見て帰還しました」

「尾行車、張り込んでいた者の存在は？」

「ありませんでした」

「失礼」

顧問が咳払いをした。

「加賀君」

老人は口を開いた。

「君は、松宮貿易社員のうちでも非常に勝れた経歴の持主だ。既に過去三回にわたって重大なスパイ行為の摘発と、十数度に数えられる滲透防止に功績を上げている。粘り強く、冷静で、適確な判断力を有していると考えてよいだろう。と、同時に非合法工作員としての高度な訓練を受けておるし、射撃、格闘、すべてがAランクだ。私の手元にある、君のファイルに記されている欠点はひとつに過ぎない。それは、『自己、或いは第三者に対する危険行為の防止をのぞけば、他者を傷つけることを好まぬ性向』という一点だ。その君が、不可能と判断した以上、私はそうであったと思う。だが、君のこの欠点ゆえに、私が大きな危惧《きぐ》を抱いていることも確かだ。これは、本来ならば査問会の最後にいわねばならぬ事柄だが、敢えて、いまいわしてもらう」

老人が口を閉じると、松宮が事務的な口調で言葉をつづけた。

「同日、T・F・Eの工作員もタイラー殺害の真相糾明をはかって工藤美里をマークしていた。すでに、タイラーが死亡前夜、工藤美里と共に姿を現わしていた六本木のクラブ〝サルーサ〟では彼らは調査を行っていたからだ。T・F・Eの工作員の負傷と工藤美里の失踪を関連づけて考えるならば、T・F・Eの工作員が工藤美里を拉致しようとはかり、それを阻んだ者が、彼らを傷つけたという仮定を立てることができる。

次いで、同夜、心臓発作により死亡したと公式に記録された、M社秘書部の佐野課長は工藤美里の護衛役をつとめていた。我々は、これを別の死因によるものと考えている」

「この点については、現在内閣調査室が調査を行っている」

梶井が短くいった。

松宮が続いて訊ねたのは、クレインがT・F・Eの工作員の運転する車によって死亡したときの前後の事情であった。

「……すると、クレインがはね飛ばされた時、現場にいたのは、君とクレインの愛人であった男の二人だけということになるのか」

「そうです」

「秘密警察局の人間はそこにはいなかった？」

「いませんでした。まくのに成功したのだと思います」

「秘密警察局、及びT・F・Eの工作員が、困難と思われていた、クレインの潜伏地発見に手間どらなかったことに対する、君の意見は？」

「汚染です」

私は短く答えた。

「加賀君」

顧問がいった。

「君に訊ねよう。汚染者の動機は？」

「汚染の動機は、通常、四つに大別されます。買収、暴力、罠、そしてそれらの複合による脅迫です。松宮貿易において、かつて買収による汚染があったことはありません。また、暴力による脅迫行為に屈服したという汚染者の報告も受けたことはありません」

「すると、汚染者はどういう人物だと考える」

「昨夜の工作地点襲撃を考えても、松宮貿易の人間の行動をかなり把握しうる存在、即ち営業部員、及び幹部ですね」

「加賀、推測による判断は危険だぞ。自分の立場を不利にする」

梶井が警告を発した。

「動機について、もう少し聞かしてほしいのだが、君の意見を」

顧問が、それを制していった。

「思想があります」

「思想？」

「あるいは、復讐といった動機も。私は、この松宮貿易における今回の汚染は、今までの汚染とはまったくケースが異なるように思います」

「成程」

顧問は興味深いというように頷いた。

「君のような、秀れた現場の人間の意見は、傾聴に価すると私は思っている」

私は梶井と松宮を見た。二人の面にある無表情の仮面は、それを肯定していないようであった。

査問の後半は、その六本木での襲撃に関するものだった。私は、前日の行動を彼らに話した。

冷えた気持で、松宮貿易本社を出て行くまでの行動を。

そこで私の査問会は終了であった。

私が会議室を一人で出ると、廊下では不安げな面持《おももち》の牧野が待っていた。入れちがいに会議室に入ってゆく。

査問会の後、決定は数日してから下される。その間、私と牧野には厳重な監視がつくことになるだろう。

私が汚染されているという決定が万一、下されるようなことがあれば、私に逃げ場はない。

ニューヨーク支社長であった男と同じ運命を辿ることになる。

だが、その時点では私はその可能性を低く見ていた。汚染者の存在は確実だが、私である証拠は皆無に近い。

昨夜、若さが原を動揺させたのだ。私は彼を責めるつもりはなかった。目前で、自分をかばった同僚が射殺されれば、誰でもおかしくなる。

それでも原は、傷ついた体と車で上村の遺体を、社まで運んだのだ。

弾痕と血痕の付着した車は処分されたにちがいない。

私は営業本部のデスクについた。すでに他の五二六担当の営業部員は集まっている。

原は、昨夜から入院している。銃創を秘密裡《り》に治療する病院があるのだ。

米沢が私の前にやってきた。私より二つ年上の自衛隊出身の、上村の後輩である。

彼が上村の後輩であることから、厳しい言葉を予期した。だがちがった。

「話は聞いている。気にするな、原も若いからカッとしたんだろう」

「すまない」

私は彼に疲れた笑顔を向けた。

小柄だが、がっちりとした体格をしている。情報工作には向きそうもないような純朴な雰囲気をまとっている男だ。けれども、それはあくまでも、雰囲気である。

スポーツ・マンのような短い髪と不敵な面構《つらがま》えを持っている。

一時間後、査問会が終了し、顧問と梶井が営業本部室に挨拶がてら顔をのぞかした。彼らはすぐ立ち去った。

そして、大会議室で営業本部会議が開かれた。査問会の内容を口にするのは禁じられている。しかし、他の社員もすでに汚染の可能性に気づいていた。ただそれを口にする者はいない。

会議で検討されたのは、Wプランの内容とそれを推進する者。そして、タイラー、アサド中佐の暗殺者、及び牧野を襲いテープを奪った者と、その動機であった。

私がクレインから得た、タイラーの〝新組織〟の存在については、大多数の者が確信していた。

九名のフリー・ランサーの蒸発に於ても、そこには組織的な活動の痕跡が見られたのである。

しかし、その組織の実態についての憶測はさまざまであった。

革命グループ、それも日本の過激派と高いレベルで結びついている組織であると主張する者もいれば、M社を含む、いずれかの大商社と結託した、各国のドロップ・アウトした工作員のグループにちがいないと主張する者もいた。

Wプランを M社の中央統合コンピューターから盗み出すことのできる人物は限られ

てくる。当然、コンピューターに近い存在であることから、M社員であると想定できるし、それなりの技術を有していなければならない。

北川自身が組織の黒幕であるという意見も出た。福地の名を噂に乗せたのは、近い存在だから利用したというのだ。

いずれにしても我々が五二六と呼んできた作戦は、Wプランの東京における実施であったことはまちがいない。

次いでつきとめるべきことは、何者がそれを推進しているのかということであった。再びチームが編成された。私と牧野は引き離され、私には米沢が、そして牧野には長谷川という社員が監視役を兼ねて、つくことになった。

私と米沢の仕事は、北川の再訊問と、監視であった。

すでに、T・F・Eが北川に目をつけていることはまちがいない。北川をT・F・Eが訊問するのは、かまわないにしても問題はその後の処理である。あっさり北川を殺してしまうこともありえる。

そして私は私で、北川がT・F・Eの訊問に対して工藤美里と私のことを白状してしまうことを懸念していた。今では、T・F・Eの工作員は私をブラック・リストに載せているにちがいない。私を見つけ次第、抹殺しようと試みることも考えられる。

その点、工藤美里は格好のエサになりかねないのだ。

米沢とチームを組まされたことは、北川を訊問する際の大きな障害となってくる。米沢に、私が工藤美里を保護していることを気づかせてはまずいからだ。

こうして、私の立場は徐々に苦しいものへと変化していった。

私の疑問はもうひとつあった。新組織は巧妙に、自分達の姿をなるべく表に出さずに活動してきたといえるだろう。ところが牧野襲撃の際、初めて工作員を人目にさらしている。

牧野の目撃した二名の日本人の男達に、思い当たる人物の記録を松宮貿易の者は持っていなかった。

だが、一度存在を露《あら》わにした以上、今までの他情報機関を躍らすやり方ではなく、より大っぴらな動きもしてくるであろう。そして、自分達の存在を疑っていたタイラーやアサドを殺したように、北川も抹殺しようとはかるのではないか。

私と米沢は北川の監視行動に入った。M本社は無理であったが、自宅の電話に盗聴装置をとりつけることに成功し、近くに駐車したデリバリ・バンの中で録音を開始した。

二人は自宅に戻ることもなく、文字通り寝食を共にする活動を続けていた。それは主に、私自身に対する監視のためであったようだ。

牧野と長谷川は、ヨーロッパ支社から送られてきたベルギーの兵器産業に最近大量発注をした企業を、日本における関連企業の有無を確認しながら洗っていた。おそらくそれをつきとめても、すべてが欺瞞《ぎまん》であるという結論におちつくのではないかと、私は考えていた。

新組織の目的は、何かもっと他の場所にあるような気がしていたのだ。

査問会の日から三日後、私と米沢は北川の再訊問を行うことにした。再訊問は、M社ではなく、北川が社から戻る帰途を待ち伏せてすることにした。

私達は、社会秩序の理念からゆけば〝暴漢〟として、北川を襲い、訊問することになる。

これは、被訊問者の不意をつくことによって、相手に言い逃れをさせぬための手段である。いわば、戦時中のゲシュタポの早朝訊問と同じだ。

たとえ、私達が来あわせた警察官に逮捕されても、その場での申し開きは不可能である。ただ、その事態に備えて、非合法訊問を行う際は松宮の許可が必要である。そして、松宮は社で待機し、万一の場合は顧問を通じて警察庁の上層部に圧力をかける。

午後九時、かなり遅くM社を出社した、北川のメルセデスを私と米沢は尾行した。

車に乗っているのは、北川の他には運転手が一名である。二人とも傷つけるつもりはない。

ただ、北川を訊問する目的の邪魔をさせぬよう、手段をとる。

私は北川の言葉を信じていた。従って、この訊問が無駄に終わると予期していた。

だが、北川犯人説をとなえる他社員に反論するには、徹底した訊問を行うしかない。

私と米沢は、目白の北川の自宅のすぐ近く、通行の少ない道でメルセデスを停止させ、北川をおろすつもりであった。訊問は、我々の車で行う。

北川の車がまっすぐ自宅へのコースを進んでいることを確認した私達は、メルセデスを追いこし、住宅街の道路に先回りした。小雨の降る晩で、通行人は殆どない。自宅からほぼ一キロの地点に私達は車をとめた。

そこはT字路のタテ棒部分に当たり、メルセデスは手前から右折して入ってくる筈であった。メルセデスが、その小道に進入した段階で、歩行者を装った私が、進行路に鉄の鋲《びょう》をまく。

パンクした時点で、北川が徒歩で自宅に向かうようであれば、それを拉致し、そして修理完了まで車内で待つようであれば、運転手がタイヤ交換に手間どっているうちに、車から連れ出す。

簡単な手段であった。

計画通り、私達はT字路でメルセデスを待ちうけた。私達が計画地点に到着して五分もたたぬうちにメルセデスがT字路を右折して進行してきた。

曲がり角から駐車した私達の車まではニ百メートルほどで、鋲をまくのは、車より十メートルほど先に行った地点を想定していた。

素早く車をおりた私はコートのポケットに鋲をさぐりながら、足早に歩いた。スーツの上にトレンチ・コートを着、左手には顔と動作を悟られぬよう傘を持っている。

鋲は七、八個で充分その価値を発揮するはずである。道は、ベンツクラスの車二台では、すれちがうことができぬほど狭い。

私達の乗ってきた国産車をよけるためにも、反対車線に完全に入りこまねばならないのだ。

私は足早に歩きながら、後方を振り返った。五十メートルほど後ろにメルセデスのヘッドライトが迫っていた。

だが、そのすぐ後ろにも、もう一台の車のヘッドライトが見えた。

後続車。

私は一瞬、躊躇した。が、前の車がパンクで急停車すれば、後方の車は、反対車線に入って、これをよけ追いこすのが普通である。

私達が北川を襲うのは、その後続車が遠ざかった後だ。

私は決断して、鋲を左側車線にまいた。

そのまま、歩きつづけ、最初の狭い曲がり角で身を隠した。

鋲の先端部は、針ではなく、横に長さを持った、研《みが》かれた刃のようになっている。

身を隠してから十秒もしないうちに、タイヤの破裂音が聞こえた。

私は顔を出した。メルセデスが五メートルほど走り、左に寄せて停止した。メルセデスのブレーキ・ランプと破裂音、それに路面の鋲に、前の車のパンクによって初めて気づいた後続車は、対向車もいないことから、当然、右にハンドルを切り、メルセデスをよけると思っていたのだ。

後続車は確かに右によけた。だが、反対車線に入ると、メルセデスと並ぶように停車した。

私は最初、後続車の運転手が、メルセデスの変化に気づき声をかけるために車を寄せたのだと思った。

しかし、並んですぐ聞こえてきた、低い破裂音とガラスの砕ける音に事態を悟った。

背筋が冷える思いで、私は曲がり角をとび出した。消音器を装着した拳銃が発射されたのだ。

拳銃をひきぬこうとしているうちに、その車はスキッド音を立てて発車した。

変事に気づいた米沢がライトを点灯した。

「常務っ」

メルセデスの中で、振り返った運転手が絶叫するのが聞こえた。

米沢が車をスタートさせ、メルセデスを大きく回りこんだ。私はそれに向かって駆けながら、再び先手を打たれたことを思い知っていた。

「追うんだっ」

私は、米沢の運転する車の助手席のドアをひき開けると怒鳴った。米沢も事態を察していた。ものもいわずに、私が体の半分を車内にいれるや発進した。

「北川はどうした?」

米沢が、シフト・ダウンで、曲がり角を左折すると訊ねた。

「おそらく殺られた。奴らは知っていたんだ。今夜俺達が、あそこで待ち伏せていたことを。それを利用して、北川の口を封じたにちがいない」

私が怒りをこらえていうと、米沢はアクセルを踏みこみ答えた。

　エンジンの高速回転音と共に、背がシートに押しつけられる。

「何のためにだ、加賀?」

「わからん。北川の口封じは、自分達の組織の糸口をつかまれぬようにするためにか」

「馬鹿なっ。これで、はっきりした。社内にスパイがいる。俺達が今夜、あそこで待ち伏せたことは――」

　ブレーキを踏み、尻を振りながら、赤に変わったばかりの信号を再び右折する。都心部につながる国道に流れこむ交差点である。

　私達の乗る国産車はGT仕様である。ツイン・カムの独特な咆哮《ほうこう》を上げて濡れた路面を疾走した。

　罠だ――私はその時、初めて気づいた。

　松宮貿易の幹部をのぞけば、今夜の計画を知る者は、私と米沢だけである。すでに一度、北川に会っていることから彼を殺したいと考える理由を抱く者があるとすれば、社内では私以外にありえない。

　私は、ハメられたのだ。

「野郎――」

　米沢の左手が閃き、シフト・ダウンした。

目前に凄まじい勢いで迫ったタクシーのテール・ランプを右によけ、反対車線に侵入する。

「車種を覚えているか」

私は訊ねた。

「ああ。旧型のフェアレディZだ。よく出るんだ、あれは」

米沢は答えた後、唇をかんだ。彼の運転は社内でも一級である。

「追いつけるか」

「都内なら大丈夫だ。見失わぬ限りな」

私は拳銃に消音器を装着し、膝の上にのせた。米沢がちらりとそれに目をやった。

「あずからせてくれ」

前方に目をやったままいった。

「なぜだ」

「裏切り者が――」

ライトをパッシングさせ、クラクションを凄まじい勢いで鳴らしながら赤信号の交差点をつっきった。

「あんたかもしれない。俺は信じたいが、悪いがこうなっては仕方がない」

「馬鹿な……」

「早くよこせ」

私が唇をかみしめる番であった。米沢の膝の上に乗せた。米沢は、それを見ずに、左手で弾倉止のボタンを押し、マガジンを床におとした。

次いで、安全装置をかけ、フルコックの状態であったハンマーをおろした。

「まだ、一発入ってるな」

そうつぶやくと右側のドア・ポケットにさしこんだ。

「追いつくんだ。そうすれば私の無実を証明することができる」

私は静かにいった。

「まかしておけ。都心に向かえば、向かうほど奴との距離は縮まる」

米沢の右手はハンドルに、左手はシフト・ノブにかけられたままだ。左脚が素早く動くと同時に、シフトが変わる。

だが追跡も、その後、環状線とぶつかる交差点で終わった。

直進した我々の車を見て、右折しかけたトラックが急ブレーキを踏んだのだ。

「くそっ」

ハンドルを左に切ったとき、車が横に流れた。下からつきあがる衝撃と共に、私達の車は、中央分離帯に激突した。体が続いての衝撃に備えた。

フロントグラスが真っ白になり、私は意識を失った。

気づいたとき、クラクションが鳴っていた。大破した車の前部のせいだろうか。

襟元に細かい破片が散っていた。首すじの破片を払いのけようとすると、指がチクリと痛んだ。

耳の後ろが痺《しび》れている。両膝を強く打ったことがわかった。スラックスが裂け、血が流れている。

人々の声が、壊れた車を囲んでいた。私は気づき、ハンドルにつっぷした米沢の肩をひいた。

ぐらり、と体がゆれ、私に倒れかかった。

その顔面をハンドルに叩きつけたのか、真っ赤に染めている。彼の体が傾いた拍子に、ドア・ポケットにさしこまれた、私の拳銃が見えた。それをとりあげると、コートのポケットにつっこみ、左側のドアを押した。

車を囲んでいた、野次馬や、他のドライバーが扉を開けてくれた。

私は米沢の肩をひきずって、道路に転がった。

濡れた路面に手をついた瞬間、脳天につき抜けるような痛みが走った。左手首が奇妙にふくれている。

折れていると気づくのに数秒かかった。

何人もの手が、私の脇にさしこまれ、舗道までひきずっていった。

私は体をおちつけると、米沢の面を見下ろした。

砕けた唇から呼吸を示す、血の泡が吹きあがっている。死んではいない。

間のびしたサイレンが近づいてきた。

救急車とパトカーのようだ。

私は車を見やった。腕と脚の痛みの他に、吐き気がこみあげてきた。

フロントグラスが砕け散っていた。右前部が、原型をとどめぬほど破壊している。

先に到着したのは救急車であった。担架にのせた米沢のあとを、脚をひきずって救急車に乗りこむと、私は白いヘルメットをかぶった係員に、松宮貿易が管理する病院の名を告げた。


私は二度目の査問会が開かれることを、病院のベッドの上で聞かされた。それは、まちがいなく欠席裁判であった。

後頭部と左脚に裂傷、左手首骨折、その他、頭頂部と両脚膝に打撲を負っていた。

だが、米沢よりはましかもしれない。

二日間、米沢は意識不明で、両脚と顎の骨を砕いていた。左腕を吊った状態で、ようやく歩くことにひどい困難を覚えずにすむようになった頃、松宮貿易と私、それに牧野にとって決定的な証拠がもたらされた。

私と牧野の銀行口座に振り込まれた五千万ずつの金であった。振り込み人は、T・ノックス・カンパニー。そして、T・ノックス・カンパニーは、ベルギーの兵器産業B社に、大量の武器の発注をした。実体のない幽霊会社であった。

振り込み期日は、第二回の査問会が開かれた日。

銀行預金の名義人は、私が加賀哲、牧野は牧野美也子という名になっていたという。

それらを、私は病室を訪れた松宮本人の口から聞かされた。

「残念だ。原が調べ上げたのだ。彼は既に職務に復帰できる状態であったのを、私がチームから外して君らを洗わせたのだ。まちがいなく、預金はあった。加賀、私は残念だ。それを伝えに来たのだ」

虎の門の古びた病院の談話室で、松宮はそういった。

私は無言で、彼の肩ごしに汚れた窓を見やった。鳩が巣を作り、ガラスは糞で変色している。

雨が降りつづいていた。

虚《うつ》ろな思いで、それを見つめた。病院の中は陰気で湿っぽかった。

「牧野は何と？」

「否定している。だが、六本木を襲った者達を見たのはあの男だけなのだ。二人とも汚染していたとは、な」

「罠だといったら信じますか」

松宮は私をのぞきこむように見つめた。

彼の目も虚ろであった。何も信じぬ者の目だ。

それが答だった。

ゆっくりと腰をあげると、松宮はレイン・コートのボタンをひとつずつ閉じた。

「三度目の査問会が明日開かれる。そのとき、君は釈明を求められるはずだ。考えておくことだ」

エレベーター・ホールに向かって歩きかけた松宮に私はいった。

「社長」

ゆっくりと振り向いた。

「牧野美也子というのは何者です？」

「わからん。牧野には妻はおらん。離婚している。母親の名でもないようだ。明日、牧野に直接訊いたらどうだ？」

エレベーターのボタンを押すと、もう振り返らなかった。

私はその背を見つめていた。

汚染を許すことができない男の組織に根本からゆがみが生じたのだ。その結果、一名の部下が死に、もう一名が再起不能の大怪我を負った。

だが、何よりもこの男にとって衝撃であったのは、自らの足元で二人の有能な社員が汚染されていたという事実であろう。

事実。

私にとって、牧野にとって、それがいかに欺瞞と虚偽に満ちたものであろうと、松宮には関わりがない。

彼にとって、これだけの濃い容疑があれば充分なのだ。

私の運命は決したようなものだった。

翌朝、原が私を迎えに病院に現われた。

ラフなポロシャツの上に軽い上着を着こんだ原は、まるで前期試験に赴く大学生といった感じであった。

私の個室は厳重に監視を受けていた。

朝食をとりおえて、ベッドの上で朝刊に目を通していると、ノックもなしに原が病室に入ってきたのだ。

「肩はもういいのか」

私の問いに、原は冷ややかな視線で応え、手にしていた紙袋をベッドの端にのせた。

「着替えろ、おかしな真似はするな」

私はゆっくりと紙袋を右手でひきよせた。

左手はギプスで固定され、三角巾で吊っている。

私が片手で、痛みをこらえながら衣服を身につける間も、原は無言で見守っていた。

私が脱ぎすてたパジャマを原は、汚れ物を扱う手でつまみ上げ、ベッドの上に放った。

原が持ってきたスラックスとブレザーは、青山の自宅に置いておいたものだった。

松宮が私の自宅も捜査させたことの証《あか》しである。

先に立って出ようとする原に、私は手洗いに行かせるよう頼んだ。

手洗いは共同で、和式と洋式があり、洋式には先客がいた。

空《あ》いている和式を使おうとしない私に、原はいらだたしげにいった。

「こっちを使え」

「膝をやられていて、しゃがむことができないんだ」

事実であった。私は左脚を三針、縫っていた。浴衣《ゆかた》姿の老人と入れちがいに私は手洗いに入った。

憎んでいながら疑いぬくことができない。

それが原の若さである。

査問会は、第一回とは状況が一変していた。松宮や梶井、それに顧問が態度を変えていたわけではない。彼らは落ち着き、冷静に事態を把握しようとつとめていた。

ただちがうのは、前回までは存在しなかった検事として原が私と牧野を告発したのである。

証拠をあげて。

告発は、
クレインの居所をT・F・Eと秘密警察局に内通し、六本木のマンションにおける松宮貿易の張り込みを秘密警察局に密告し、北川の訊問計画を〝新組織〟に前もって連絡することにより、先回りして北川の口を封じさせる――北川は額に銃弾を撃ち込まれ即死していた——ことができた人間は私独りであること。

そして付け加えるなら、原は、私が米沢との追跡を邪魔するために事故を演出したのだと、断定した。

そして、私の自宅を家宅捜索して発見した五千万円の預金通帳。

私こそ、Wプランを東京で始動させた〝新組織〟の重要メンバーにちがいない、そして私を訊問して、組織の内容、目的を吐かせよ、と原はしめくくった。

おそらく、牧野も似たような状況証拠と預金通帳によって裏切り者の烙印を押されるにちがいない。

私は、無言で原の告発に聞きいる、三人の実力者を見つめて思った。

原の告発が終わると、松宮が、すわっていた私に訊いた。

「加賀、反論があるか」

「これは巧妙に仕組まれた罠です。私と牧野をはめ、松宮貿易の攻撃力を弱めようという新組織の罠です」

「しかし」

梶井が冷ややかにいった。

「松宮貿易に裏切り者がいることは確かだ。

そして、松宮貿易の攻撃力を弱めるためと君はいうが、松宮貿易はそこまで〝新組織〟の実態も摑んでおらなければ、肉迫もしていない。罠だとすれば、全く無意味な罠にすぎない」

「〝新組織〟は確かに存在します。彼らは、M社のコンピューターからWプランを盗み出し、東京で実行に移した。そして、それによって大きな動きを示した在京情報機関をマークしていたようです。松宮貿易、CIA、T・F・E、秘密警察局、それらの機関は皆、自分達の存在をかぎつけようとしたタイラー、アサド中佐を殺し、逆に利用した〝新組織〟に躍らされたのです」

「何のために」

顧問が訊ねた。老人は、今日はグレイのスリー・ピースにアスコット・タイを結んでいる。

「わかりません」

「今まで、我々はそのような新組織の存在など、毛ほどにも感じてはいなかった。私はむしろ、情報の流れ方からして、加賀、君がT・F・Eと秘密警察局の双方に身を売ったとも考えられる」

松宮がいった。

「しかし、六本木に現われてテープを奪ったり、北川を暗殺した人間達はどうなります。北川を殺しても、Ｔ・Ｆ・Ｅや秘密警察局は情報源を失うばかりだ」

私は反論した。

「六本木を襲撃した者に会ったのは牧野一人だ。君と牧野が組んで芝居をしたのかもしれん。あるいは、北川殺しは、加賀が北川に会っている唯一の人物であることから、北川の口から米沢に、何らかの形で自分の裏切りが洩れることを恐れた加賀が誰かを雇ってやらせたのかもしれんな」

松宮の論理は、私の置かれた状況を適確に把握していた。私はどちらに転んでも、裏切り者となるのだ。

「加賀、悪あがきをやめろ」

会議室に沈黙が訪れるのを待っていたかのように原がいった。私はその口調に不安を感じて、原を見つめた。

瞳に、獲物を追いつめた獣のような余裕と快感の色がうかんでいる。

切り札をさらそうというのか。

原は、二名の幹部に許可を求めると、別室に消えた。

私は苦労してしめたネクタイをゆるめ、上着の前を開いた。確かに会議室は暑かった。

そして、不安が私の心の中でうごめき始めたのだ。

原が再び会議室の扉を開いたとき、私は自分の運命を知った。

工藤美里が、原の背後に従っていた。

目の下に隈をつくり、疲れきっている様子であった。緊張と不安の張りつめた表情が、新たな部屋の中央に私を認めた瞬間、安堵《あんど》と喜びのそれに一変した。

だが、私とそれを取り巻く者達の雰囲気をすぐに悟った。

はっと小さく息を呑み、原と私、そして三名の査問委員の男達を見つめた。

「工藤美里が行方不明だったのは、加賀、貴様がかくまっていたからだ。社には報告せず密かに保護していた。北川と密約を結んだのだろう、それを我々に知られるのを恐れて北川を殺すよう手配した。そうではないのかっ」

北川の死を、美里は既に知っていたようであった。蒼ざめた顔を私に向けた。

私の返答を聞きたいのであろう。買い物にでも、うかつに出たところを捕えられたにちがいない。

彼女を助けた時に身につけていた、紺のワンピース姿であった。

私はそのやつれた顔を、しかし美しいものに感じながら口を開いた。

「断じてちがう。私は裏切ってはいない」

「よし。それならば――」

原は言葉を切った。

「調査課の連中に、訊いてもらうまでだ。彼女に――」

調査課――そこは情報をひき出したい者から、目的を得るための部門である。

彼らは薬品を使う。効果的だが、危険な。

私は決意した。

私が上着の内側から抜き放った拳銃を見て、原の目が驚きに広がった。

「馬鹿なっ、いつ銃を手に入れたのだ……」

「愚かな真似はするな、原。私の腕は知っているはずだ」

病院の手洗いに、あの夜米沢の車のドア・ポケットから抜いた銃を隠していた。

「どうするつもりだ？　加賀」

冷たい怒りを含んだ声で松宮がいった。

「どうする気もありません。私は裏切り者ではない。それを自らの手で証明するまでだ。

訊問も、薬品投与も受ける気はありません」

「逃げられないことはわかっているはずだ」

私はそれには答えずに、立ち上がり美里の肩をつかんだ。

「来るんだ、ここを出よう」

美里は無言で私に従った。

一番危険なのは、原であった。原は若い。松宮はたとえ銃を持っていたとしても、私の腕を知っている。だが、激情にまかせた原が銃を抜き、私か美里を止めようとすることも考えられた。

そうなれば、私は原を撃つことになる。彼を撃てば、汚名を雪《そそ》ぐことは不可能に近い。

私は美里を連れて会議室を出た。

「行かせろ」

追おうとした原に松宮がいった。

「加賀っ」

牧野と監視役の長谷川が廊下に立ち、私を驚いて見つめていた。

「牧野、汚名は自分で雪ぐしかないようだ。私は行く」

「待てっ加賀っ」

エレベーターに近よった私に、牧野が追いすがろうとした。その瞬間、原が拳銃を引き抜き撃った。

二十二口径の紙火薬を破裂させたような銃声と共に、牧野の私に向けられた目が広がった。

原が狙いをこちらにうつす前に撃った。

原の右腕が宙にはねあがり、銃が後方に飛ぶ。

膝がくずれかける牧野を抱きとめた。右胸に小さな射入口が空いて血がにじんでいた。

「エレベーターをっ」

私は美里に怒鳴った。

廊下に飛び出した、かつての同僚が、上司が、私を見すえていた。

あえて追おうとはしない。

そこに、私は彼らの私への殺意を、確かな殺意を感じとった。

エレベーターの扉がしまり、私は牧野を支え、美里を連れて、地下駐車場から社の車で松宮貿易本社を脱出した。

警備室の者もその時は、私を追ってはこなかった。

しかし、いつかは追いつかれる。その日が自分の死ぬ日だと思っていた。

第三部　失わざる者

6

五年振りで会う松宮は、老いていた。

小さな、非情な目も無表情な面も、何ひとつ変わってはいない。しかし、小柄な体から、いいようもない疲れと老いを、私は感じとった。くたびれた茶のスーツをまとい、窓を背に立っている。

私達は無言で向かい合った。

あの日、松宮貿易本社を、牧野と美里を連れて脱出した私に、牧野の治療と美里の保護を申し入れてきた男がいた。

男は、それらの保証とひきかえに、私にひとつの条件を提示した。

Wプランの破壊。

そして、死んだ男の名誉回復。

男は、クーデター計画の噂をたてられた国、Wプランの標的となった国の陸軍情報部幹部、ハリダート大佐であった。部下のアサド中佐が失踪し、革命分子の汚名を秘密警察局によって着せられていることを知ったハリダート大佐は、本国から精鋭を連れて日本へやってきたのであった。

ハリダート大佐は、テロリストまがいの強引なやり方を行使する、自国の秘密警察局を蔑《さげす》み、憎みぬいていた。

軍情報部と秘密警察の間には根づよい対立があったのだ。彼は何としても、秘密警察の鼻を明かそうと、組織を追われ、失うもののない優秀な工作員——私を利用することを思いたったのである。

私は先《ま》ず一人で捜査を開始し、やがてハリダートの部下のもとで、原に撃たれた傷をいやした牧野と共に、Wプランの推進者を調べあげた。

そして、ようやく日本人数名のグループをつきとめることに成功した。

彼らが、北川、タイラーを殺し、アサドを誘拐し、殺し、そして三宅坂で私を尾行、六本木のマンションでは牧野を襲ったグループであることは確かだった。

グループはすべて日本人で、高度な訓練を受けていた。

私とハリダート大佐は、彼らのアジトをつきとめ襲った。だが一人として生きて捕らえることはできなかった。

しかし、Wプランは、その後、推進されることはなかった。T・ノックス・カンパニー名義の口座を開いたのは、私が襲った日本人グループのリーダーであった。

彼らが〝新組織〟のメンバーにせよ、蛸《たこ》の足と同様の存在であることは明らかであった。

頭部はひとつだが、他の足とは横の連絡がないのだ。即ち、私と牧野は、足の一本を潰《つぶ》すことには成功したものの、頭部――松宮貿易内の真の裏切り者や、〝新組織〟の目的、性格を知ることはできなかったのだ。

アサドの汚名を晴らし、結局は革命グループなど実在しなかったことを証明した、私と牧野に対し、ハリダートは報酬を交換条件のうちに加えてくれた。

だが、そこまでであった。

日本人の少数グループ――新組織の足の一本をせん滅しても、私と牧野の汚名は晴れなかったのだ。

裏切り者をつきとめることができなかったからである。

東京にいる間、私と牧野は暗殺者に追われた。やがて、二人は、離れ、東京を去った。

私はあきらめ、情報戦線を忘れた。そして、過去も私を忘れてくれたかのように思われた。

報酬で〝プリオール〟を作り、結婚した。

そして妻をなくし、仕事こそ違え、再び独りの乾いた生活をつづけていた私の前に、こうして過去が姿を現わしたのであった。

「いつからこちらに？」

沈黙を破ったのは、私の方からであった。

「君が来る前から来ていた」

松宮はいって、私に背を向けた。

「あなたは私を手に入れた。それで？　どうします？」

私は応接室の椅子に腰をおろした。県警本部の窓から、県庁が見える。堀之内と呼ばれるこの一角は、地方自治の中枢部のようであった。

「私の話を聞くかね」

「あなたらしくもない。私は、あなたの手中にあるのだ。私には選択の余地はないでしょう」

松宮は小さな咳をした。

「君と牧野の新たな生活を、松宮貿易は何年も前から掌握していた。だが、私は二人の処理を命ぜずに来た。なぜだかわかるか」

「利用するためですね。それ以外は考えられない」

「そうだ」

松宮は小さな目で私を見すえた。そこにはかつてと同じ冷ややかな光があった。

「君はレストランを開き、牧野は電子工学部品を製造する会社を起こした。君らの資金がハリダートから出たことも、私にはわかっている。だが、私が敢えて、君らに手出しをしなかったのは、あの時、五二六での失敗をくり返したくなかったからだ」

「失敗？　どういう意味です？」

「松宮貿易は再び汚染しているのだ。いや、もう腐りはてているといった方がよいかもしれない」

松宮は苦し気にいった。私は答えなかった。

松宮はつづけた。

「五二六のときのような、目に見えての汚染効果はない。だが、私にはわかるのだ。

私がここに来たのは、今度こそ、その実体を見きわめるためだ」

「……なぜ、私にそんなことを話すのです。私はもうあなたの部下ではないのだ」

「松宮貿易を作り上げたのは私だ。松宮貿易は日本で最も有能な情報機関として活動していなければならんのだ。どんな国家であれ、それを存続させるためには、松宮貿易のような機関が必要なのだ。

松宮貿易は今、全勢力をあげて牧野の失踪事件を調査している」

「なぜです」

私は言葉鋭く訊ねた。

「牧野が板倉電子で開発したものを発見しなくてはならんからだ」

「何のために」

松宮は答えなかった。

「松宮貿易の業務は、国家の保安、治安維持活動だ。牧野が何を発明したにせよ、あなたまでが乗り出して捜し回るほどのものではないはずだ」

松宮が私に何かをやらそうとしていることは確かである。でなければ、あっさり理由をつけて、私を刑務所にぶちこむか、殺している。

「五年前、君と牧野、それにハリダートが壊滅させたグループのことを覚えているか」

「忘れるはずがない」

「彼らは、君らがつきとめた通り、警察官であった者達で構成されていた。だが、一人も生き残らなかったことにより、その後の追跡調査でも、彼らの属する組織の全貌を明らかにすることはできなかった。そうだな?」

「あなた方は、私と牧野をその一員と考えた」

「考えたのではない。証拠がそれを示したのだ。その後、新組織の活動らしきものが次々と始まった。松宮貿易は苦戦を強いられてきたのだ。今では、その組織については幾つかのことがわかっている」

「例えば?」

「例えば、君と牧野が罠にはめられたということが」

ゆっくりと怒りが身内に広がっていった。

「あなたは一体、何をいいたいのだ?　はっきりいったらどうです?」

松宮は私を見つめた。

「新組織が今度のように、大きく動いているのは五年前以来なのだ。奴らは、あれ以降、小さくだが確実に、この日本で地歩を固めてきたのだ。そして、牧野の失踪では完全に松宮貿易は先手を打たれた」
牧野のテープの言葉が甦った。
「私は、捲きこまれた」と牧野はいった。
では、松宮貿易と新組織との暗闘に捲きこまれたのだ。彼はそれを知らずに、東京
に救援を求めることを考えていたのだ。
「何があったのです？」
私は訊ねた。そして訊ねながら、もしこの答を松宮が告げれば、私は松宮の走狗に
ならざるをえないことをはっきり感じていた。
再び現われた過去は、私を捕え、かつての泥沼にひきずりこもうとしている。そし
て、私がそこから逃げることは絶対にできないのだ。

松宮を残して応接室を出ると、廊下に初老の刑事が待っていた。私と雪を、県警本
部の裏口で出迎えた男である。
彼は、応接室を先に出る者が、私であるか、松宮であるかによって、全くちがう行
動をとるよう命令をうけているのであった。
私の姿を認めると、刑事は小さく頷いて歩み寄り、私の手錠を外した。

雪が、第二取調室で一人ですわっていた。

突然、扉が開かれたことに軽い驚きの表情をうかべて振りかえった。

「奥さん。長いこと失礼しました。お車をおいてこられたのは西海の船着場でしたな。御案内します」

雪はとまどったように刑事を見、背後に立つ私に気づいた。

「こちらも御一緒です。よろしいですな」

「は、はい」

幾分強ばった表情で、私の顔を見つめながら彼女は頷いた。

刑事は、私と雪の前に立って、冷たい階段をおりた。なぜ私が無罪放免にされたのか、疑問の念を強く抱いているのだろうが、彼女はそれを面に出すまいと努めているようであった。

制服警官が、身体調査で私のS&Wの九ミリを発見したときも、雪は激しい驚きを抑えようとしていたのだ。

再び県警本部の裏口に出た私達は、覆面パトカーに乗せられた。ハンドルを握ったのは、初老の刑事であった。

彼は、私に向かってはひと言も口をきかなかった。おそらく松宮から命令を受けていたにちがいない。

覆面パトカーが国道五六号を南下する間、後部席にならんですわっている私に対して、雪は幾度も探るような視線を向けてきていた。そのたびに私は小さくかぶりを振った。

いずれ、二人きりになったときは、私は彼女にできるだけのことは、説明しなくてはならないであろう。

刑事の運転は、もどかしいほどの安全運転であった。西海スカイラインに入ったときには、午後七時を回っていた。

駐車場に到着すると、刑事は一台だけとなった、アウディを指さし、

「あれですか」

と雪の返答を確認して覆面パトカーを寄せた。

「わざわざどうも」

雪がぎこちない口調でいうと、刑事はあわてて手を振った。

「いいえ、とんでもない、奥さん。こちらこそ長い間、あんなところで待たせまして、どうも失礼しました。どうぞ、気を悪くなさらんで下さい」

雪は頷くと、ハンドバッグにキィを捜しながら車をおりた。

私がパトカーの反対側の扉を開くと、刑事が運転席から体をひねった。

「こいつを……」

苦々しい口調であった。彼は私の正体を知っていたとしても、仲間だとは決して考えはしない。

当然、元非合法工作員と刑事では存在する枠組がちがう。

S&Wの九ミリを私にさし出した。

「本気で使うつもりがあるかどうか、私は知らんが、使うときは相手をよく確かめて使うんだな」

私は刑事の面を見つめた。五十を過ぎたこの男が、今日初めて知ったにちがいない。彼の住む法治国家にも、法律の枠外で活動する情報機関が存在することを、そして、もしそれを彼が口外したならば、彼は職も年金もすべて失うのだ。

雪が、アウディの運転席の扉を開き、気づかわしげにこちらを見つめていた。

私は軽く頭を下げると銃を受け取り、腰のホルスターに差しこんだ。ベルトに吊ったホルスターに気づいたとき、刑事は露骨な嫌悪感を顔に示した。私はもう一度頭を下げると、覆面パトカーを降りた。

微風に乗った潮の香りが鼻をさした。

もう一度——

私は思った。

もう一度、私は走狗になった。腰の拳銃の重みが、私のものではなく、松宮によって与えられたもののように感じられた。

覆面パトカーがUターンして、急坂を昇っていった後も、私は降りた地点に立っていた。

「加賀さん」

アウディがゆっくりとバックしてきて、助手席のドアを私の前に見せた。

雪が体を傾けて、助手席のロックを解いた。私が体をすべりこませると、海の方角を見つめたまま、彼女は訊ねた。

「どちらへ？」

「お話のできるところ、そして食事のできるところへ」

雪は奇妙な表情をうかべて、私を振り返った。半ば諦《あきら》めたような、半ば面白がっているような表情だった。

「わかりました。宇和島に知っている店があります。そこへ参りましょう」

宇和島に向かって走っている間に、遅い陽が落ちた。

「加賀さん」

前方に視線を向けて、しばらく黙っていた雪が口を開いた。

「一昨日の晩、襲われたときにもピストルを持っていらっしゃったんですか?」

「いや……」

私は答えた。

「持っていませんでした。襲われるとは思っていなかった」

「持っていたらどうしました?」

私はハンドルを握る雪を見つめた。

「どうして、そんなことを訊くのです」

「あなたが人を撃っただろうかって思ったんです」

「そう——。ええ、持っていれば撃ったかもしれない。殺さぬように」

「慣れていらっしゃるのね」

「訓練をうけましたから」

「誰に? あなたは、牧野は、一体、どんなお仕事をしていたんです? 貿易会社に勤めている人に、ピストルの撃ち方を教えるなんて、どこの誰が? 密輸でもしていたんですか、あなた方は」

「いや、ちがいます」

「じゃあ、誰が加賀さんを訓練したんですの⁉」

「国です」

「クニ？」

「国家です。私も牧野も、日本という国に訓練されたんです。日本のために働くように。

しかし、私達は公務員だったわけではありません」

「…………」

「奥さん。私も牧野も、情報機関にいたのです、日本の。アメリカでもなければ、ソビエトでも韓国でもない。この日本の情報機関にいたんです」

雪は驚いた。目が広がって、運転を忘れた。対向車のパッシングと警笛が彼女を我に返らせた。

「そこで、なにを……」

押し殺した声で訊ねた。

「防諜工作です。防衛施設や政府内部に、他の国のスパイが入りこむことを防止するのです」

「電子工作？」

「そうです。電子工作が彼の専門でした」

「牧野も!?」

私はそれ以上細かい説明は避けたかった。

盗聴などという行為は、たとえ国家の保安のためにせよ許されるべきではない、と一般市民は考えている。尤《もっと》も、私は私達のしたことが蔑まれるべきものだとは思ってはいない。

中には、そういう行為もあったろう。しかし、それらは皆、法律の枠の外、国家というものの存在のギリギリのところで行われた行為であった。

許す者も許さぬ者も、そこにはいない。

雪が私を連れていったのは、宇和島駅に近い料亭であった。

既に馴染《なじ》みになっているらしい、その料亭の仲居達が、和服の腰をかがめて雪を迎え入れた。

宇和島という、街の規模から考えれば、驚くほど高級な雰囲気を持っている。

座敷と、ボックス席に分かれている亭内を、雪は、奥まった小部屋に案内させた。

大都市ならいざ知らず、このような小さな街で、いきつけの店に男を案内することが、人妻である彼女に、誤解を招くのではないかという危惧を、雪は全く抱いていないようであった。

ただ、酒は、ビールを二本持ってくるように求めただけで、あとは料理を運ばせた。

「鯛めしを食べる機会はありまして？」

雪は、向かいあわせにすわると、ロングケントをバッグから取り出していった。

「いや、まだです」

「魚はとてもおいしいところです。ビールには、フカの湯ざらしをお試しになるといいわ」

フカの湯ざらしとは、鱗《うろこ》をとったマブカを三枚におろし、細かく切ったものを湯と水でさらし、酢味噌で食べるのだ、と雪はいった。

食事を終えると、雪は運ばれてきた茶をゆっくりとすすりながらいった。

「話して下さい。警察で私が待たされている間、何があったのです？　牧野の失踪と関係のあることなのでしょ。ここは大丈夫です。ここの主人とは私の父親の代からのつきあいなのです。信用のおけるところですから」

私は煙草に火をつけて、彼女を見つめた。賢く、勇気もある。私がこれから彼女に話すことは、彼女の要求を満たしてやることにもなろうが、と同時に私が彼女を利用する結果にもなる。

「牧野の行方をつきとめることを交換条件に、私は釈放されたのです」

私はいった。

それは事実の半分であった。残りの半分は、新組織の解明、そして彼らの殲滅《せんめつ》へと、松宮貿易を導くことであった。

「私を待っていたのは、かつての上司でした。彼は、私が彼の部下であった頃の私の能力を高く評価しています。私と牧野が、彼の部下でなくなったのは、五年前でした。その頃から、この日本に、私達の強力なライバルが出現していました。

多くの日本人を含む、情報工作機関です。

知りうる限り、その機関はどこの国にも属してはいません。そう、強いていえば、日本の機関ということになるでしょう。しかし、警察は勿論《もちろん》、既に存在している日本のあらゆる情報機関との関係がないのです。

彼らが出現したときに東京で捲きおこした情報戦で、私と牧野の属していた機関は、彼らに完全に遅れをとりました。私達のいた機関が、本来、日本では最強の機関であったのに、です。遅れをとった原因はいくつかありました。

ひとつには、彼らの組織体系が今まで存在したいかなる情報機関ともちがっていたことです。高度な分業化により、分かれている部分部分をすべてつきとめることができなかったのです。

そして、最も大きな理由は、私達の組織に裏切り者がいたということです。五年たった今でも、その裏切り者が何者であったかは、わかっていないのです。ただ、体内に寄生虫をかかえたかつての組織は、この五年の間に弱体化してきていました。そして五年後、板倉電子という会社で開発されたひとつの製品が、ハードウェア部門における今までの情報戦略の基盤を根底からひっくり返してしまう画期的なものであることが、密かな情報で組織にもたらされたとき、寄生虫も自分の属する組織に密告したのです」

発明に関する話は、松宮の受け売りであった。

「牧野の発明したものがそれだとおっしゃるのですか？」

雪は静かにいった。

「そうです。私のかつての上司は、牧野の、四国に於ける新生活を逐一観察していました。そして、牧野の発明がすばらしいものであることを知ったとき、既に、今まで敵対していた新組織も牧野に手をのばし始めていたのです」

「それでは、牧野は、そのグループに……」

「いや――」

私は首を振った。

「板倉電子を監視している者がいたことに、奥さんも気づいてらっしゃると思います。彼らは、私のいた組織の人間ではありません。おそらく、新組織のメンバーでしょう。彼らもまた、牧野の行方を知らないのです。自分の危険を感じた牧野は、製品を持ってどこかに逃げ出したにちがいありません」

「どこへ……」

「遠くには行ってはいないでしょう。空港やフェリーの発着場は、当然監視されているでしょう。出て行く者をね。彼らが牧野を摑んでいないということは、牧野はまだ、この四国のどこかにいるのです」

雪は唇をかんだ。

「あなたに対して、彼らが危害を加えないのは、あなたを泳がせ牧野から連絡があるのを待っているのです」

「加賀さんは、ではどうやって」

「まず、板倉電子を調べて見ようと思うのです」

「それでしたら、白川さんにいえば――」

「いや、彼には打ちあけてもいいが協力は必要ありません。私は独自にやってみるつもりです」

「どうやって……」

　私は答えなかった。

「それより奥さん。牧野の隠れ場所に心当たりはありませんか？」

「そう……」

　月に二、三度の、牧野の外泊先の心当たりを知りたかった。

「近いところでよく出かけていたような場所は？」

「そう。釣りにずっとこっていました」

「釣り、ですか」

「はい。一度などは海釣りのために、真剣にクルーザーを購入することを考えていたようです」

「買わなかったのですか」

「維持費が馬鹿にならないのと、乗組員のメドが立たなくて。でも、必要な書類をひと通りそろえたこともあったようです。研究以外の会社の仕事は、ほとんど白川さんに任せっきりだった主人が、珍しく自分で動き回っていました」

「で、その書類は今も残っていますか」

「さあ、多分、家ではなく会社の社長室か、研究室の方だと思うんですが。いえ、もしあるとしたら、研究室の方ですわ。工場の」

「工場の見取図を、描けますか？」

「ええ」

「研究室の場所を含めて、詳しくお願いします」

私は手帳をとり出して、彼女に渡した。

「プリオール」の税金対策や、仕入れに関して、私がチェックすべきものを、普段書きこんでいるものだ。

「プリオール」

とてつもなく遠く離れた場所にある。

地図を貰うと、私達は料亭を出た。支払いをどちらがするかで少しの間、私達は争った。だが、彼女がきっぱりした調子で自分が払うことを告げると、ツケにもせず、バッグから財布をとりだした。

その間に私は、彼女の車のキィを借りて、車を駐めておいた小路に出た。

車を見張っている者はなかった。

アウディから数メートル離れた地点に電話ボックスがあった。

私はそこに入り、一本の電話を入れた。

車で待っていると、女将《おかみ》に送られて雪が出てきた。

運転を私がすることを申し出ても、雪は拒まなかった。彼女にとって、長すぎた一日だったのである。

牧野の家では、白川が心配して私達を待っていた。

牧野宅に宿泊して欲しい、あるいは松山まで送るという、雪と白川の申し出を私は断わり、タクシーを呼んでもらった。

白川は、私達の身に起きたことを雪からわずかに聞くと驚いたようであった。私が拳銃を所持していることを雪は話さず、誤認逮捕という形に作り変えていた。

「県警に抗議しましょう」

白川はいった。

「いや、たまたま手配中の犯人に顔が似ていたというだけで、奥さんには、非常な迷惑をかけてしまったのだ。これ以上、彼女もトラブルを抱えこみたくはないだろう」

私がいうと、雪は頷いた。

「でも、加賀さん、今から松山にお帰りにならなくとも……」

白川が再度、留めた。

「いや、ホテルに戻りたいのは、他にも用事があるからなのだ」

「ではお送りします」

「君は、雪さんのそばにいてあげてくれたまえ。今日は相当、疲れたはずだ」

白川は私を見つめた。

スマートな男である。彼と似た雰囲気の男を私は思い出した。

原――私が撃った松宮貿易の社員である。

私に撃たれても、死んではいない筈だ。私は彼の手首を狙ったのだ。だが、ひょっとすると右手は使えなくなっているかもしれない。

原もこの四国に来ているのであろうか。

私が再び、松宮の走狗になったことは、他の社員には一切、知らされない。従って、もしこの先、原などにぶつかれば、私を未だに裏切り者と信じている彼は、殺そうとするにちがいない。

門前の方で警笛が鳴った。

「タクシーが参りました」

中年の婦人が応接間に現われた。

私は、連絡を約すと、車に乗りこんだ。

運転手が私を罠にかけようとする人物だという疑いは抱かなかった。もしそうであったなら、私はためらわず銃を使うつもりであった。

タクシーは松山に向かって走り出した。

7

午前零時、私は黒の、Tシャツ、スラックスの上に、濃紺のスイングトップを着け、双眼鏡と拳銃を入れたバッグを手に部屋を出た。

キィをフロントにはあずけず、そのまま地下駐車場に降りると車に乗りこんだ。

深夜の国道五六号は、トラックをのぞけば交通量が激減している。

松山から再び南下して、宇和町、卯之町にある板倉電子の工場に向かって、私は車を走らせていた。

工場の警備は、守衛が三交代で一名常駐しているということを、雪から聞いていた。

既に一度来ていたので、工場周辺の地形はわかっている。ただ、五六号線はそのあたりでは、両側を畑にはさまれた一本道なので、深夜の見張りに気づかれるおそれがあった。

無論、彼らは今夜も監視しているにちがいない。工場と本社の前に駐車していた三台の車の中には、新組織の人間が乗りこんでいるのだ。

私がこれから調べようとしているのは、牧野がクルーザーを購入するためにそろえた書類を、工場内の研究室の中に今でも保管しているかどうかということであった。

それだけのことならば、私が忍びこむ必要はないのだ。問題は、私が工場内に忍びこむことを、誰が知っているかという点である。

車はやはりとまっていた。

前の晩、見かけた位置とはちがう場所に、黒っぽい色のローレルがひっそりと駐車されていた。工場を囲む柵の下である。その部分だけ、工場の前庭に植え込まれた樹の枝で、水銀灯が陰になっている。

工場内に入るには、道路に面した柵を乗り越えるしか方法はない。

だが、柵に近づけば、まちがいなくローレルに乗りこんでいる者達の目に入ることになる。

私は工場の一キロ程先で車をUターンさせて、再びその前を通過した。

どうあっても忍びこむためには、見張りを処分する必要があった。

数百メートル行きすぎると、私は走行中にすべてのライトを消して車を左側によせた。

後続車はない。

拳銃をホルスターに移し、バッグを手に車をおりた。

道路の両側に建物のないあたりでは、真っ暗である。畑の中に点在する人家もほとんどが灯りを消した時刻であった。

私は体をかがめて、顔をうつむけ、小走りで道を工場の方に駆け戻った。

夜気は蒸し暑く、スイングトップを上に着こんでいるので、背中が瞬く間に、汗で濡れた。

ローレルの五十メートル後方まで近づくと、私は双眼鏡をバッグから取り出して車内をのぞいた。

前部席のシートの背がふたつとも倒され、ルームミラーが下向きの角度にされている。一見すると、車内に誰もいないような状況である。おそらく彼らは、そうしてルームミラーと自分の眼であたりを監視しているのだ。

都会における監視行動は、必要な部屋を調達できる点において、こうした地方に比べると格段に容易である。

私は靴をゴム底のものにはきかえてきていた。

そうしてうずくまっていれば、交通量が少ないのでまず発見される気づかいはない。

私は最後の十メートルを、匍匐《ほふく》で進んだ。

もし一台でも車が通過すれば、私の姿に気づいた運転者が、倒れている人間と見誤るにちがいない。

匍匐前進は、肉体を疲れさせるという点では、腕たて伏せや腹筋の比ではない。

十メートルと進まぬうちに、私の全身は汗で濡れぼそっていた。

手の平に喰《く》いこもうとする小石が、汗ですべるほどである。大きく息を喘がすにも、音をたてぬようにせねばならない。

ローレルの真後ろにたどりつくまでに、一時間もかかったような気がした。トランクの陰で、切れた息をつなぐのに、しばらく休まねばならなかった。

ようやく鼻で呼吸ができるようになると、拳銃をゆっくりと抜いた。

運転者の習性として、助手席のロックには気をつかっても、運転席は大てい施錠していない。その点も、双眼鏡で確認してあった。

運転席の真下まで這《は》い寄ると、私は体にバネをきかして立ち上がり、ドアを引き開けざま、拳銃を持った手を車内につっこんだ。

寝そべった姿勢でルームミラーを見つめていた男が体をはっと起こした。その途端、私はその顎に、銃身を叩きつけた。

シートに背をぶつけた運転者には目もくれず、私は、ドアに手をかけた助手席の男に、銃口を押しつけた。

「死にたくはないな」

四十代の開襟シャツにスラックスを着た男である。男は頷いた。

顎から伝わった衝撃で気を失っている運転者は、未だ二十代の後半のようであった。

私は、男に頭の後ろで手を組ませ、その懐《ふところ》を探った。銃は持っていなかった。

運転席の男も持っていない。

ダッシュ・ボードを開くと、ブローニングのオートマティックが一挺、投げ込んであった。それを奪い、バッグを男の膝に投げた。

「ガム・テープが入っている。それを使ってこいつを後ろ手に縛れ」

男が無言で、運転者を縛ると、私は助手席の側に回った。フロントグラスごしに拳銃をつきつけられている男は、何もする気がおきぬようであった。

その男も縛り上げ、二人に猿グツワをかますと、私はローレルのキィを引き抜き、畑に向かって放った。

拳銃を左手に持ちかえると、男をひきずり出し、後部席に移した。前部席と、後部席に別れさせれば、後ろ手で相手の猿グツワを外すのも困難になる。

無論、シートの背は立てた。

私は、拳銃をホルスターに戻すと、ローレルのわきから、柵に飛びついた。地表からはおよそ二メートルの高さの、金網のフェンスである。

フェンスをのりこえると、水銀灯で照らし出された、約二百坪程の前庭を、影から影に走り抜ける。

道路からの正面入口の横に建っている警備員詰所からは、見えない。

二階建ての細長い工場は、長い方の辺が約五十メートルほどの建物である。

雪が手帳に記した、見取図を思い出しながら、裏手に回った。

裏手はコンクリートがしかれ、トタン屋根の消耗資材倉庫が、三つ建っている。

工場の裏側は、前庭に面する方ほど明るくはない。だが、窓からこぼれる非常灯の光でそれらの建物を見分けることはできる。

裏側の扉はすべてスティール製で、窓には針金を埋めたガラスを使っていた。錠前を開ける訓練を受けてから二十年近い年月がたっている。

その頃ならば三分で可能であったエール錠に、七分を費した。

それでも侵入には成功した。

細長い建物の両側に階段があり、中央に二基、資材を上に運ぶためのリフトがすえられているはずである。

一階は、雪の説明によれば、生産管理課と技術部の事務室、会議室の他には、液晶などの部品を保管する低温室、空調室、旋盤室などに分かれている。

製造に伴う、実作業はベルト・コンベアーを導入した二階で行われているのだ。

牧野の研究室もそこにある筈であった。

バッグから、レンタ・カーに積んであった懐中電灯をとり出した。ガム・テープを使い光線量を絞ってある。

灯りをつけて、小走りに階段をあがった。

二階は、三分の二を占める大きな部屋が作業室で、それぞれの部屋に通ずる扉には鍵はかかっていなかった。

私は、作業室に入った。窓にはすべて、ブラインドがおり、工具ののった小さな机が幾十もベルトをへだてて向かい合っている。それらの机の上には、天井からアクリル板がさがり、電灯でひとなめすると、

「検査課」

「資材課」

「組立第一班」

「組立第二班」

「製造課」

という文字が見えた。

私が入った側からの正面奥に、下は曇りガラスで、上半分は普通のガラスがはまった扉があった。

私は、いったん廊下に出ると、それらに近い方の入口から、その扉に近づいた。作業室の床は、場所によっては一階と吹き抜けになって、つながっている箇所もあり、暗い中を歩くのは危険だったのだ。

一階に落ち、骨折して動けぬまま、工場の人間か、彼らに発見されるのを待つという羽目に陥るのは歓迎できない。

ガラス扉の奥は、小さな応接室といった造りであった。さほど値が張るとも思えない絵と、同等の四点セットがすえられている。

応接テーブルの上のシガレット・ケースに目が行き、不意に煙草を吸いたい衝動にかられた。

それをおさえ、室内に灯りを向けた。

奥にもうひとつの木製扉があり、

「無断入室を禁ず・社長」

の札が下がっている。私は目的の部屋を見つけたのだ。

扉には鍵がかかっていた。勘をとり戻した指が、タイムを先より一分三十秒ほど縮めた。

部屋は六畳ほどの小さなもので、それぞれ入って右手と左手にふたつのデスクがおかれていた。

ひとつは、ライティング・デスクで、もうひとつが作業机のようであった。機材や工具がきちんと並べられている。

私はライティング・デスクに近より、ひき出しを探った。

大小合わせてすべてを捜すのに五分と必要ではなかった。だが、そこには、新発明の設計図も、船舶購入の準備書類も、どちらもおかれてはいなかった。

作業机に向かって、体の向きを変えた瞬間、研究室の灯りが点いた。

「そっちにも、何もないぜ。加賀さん」

私は完全に不意を突かれた形になった。研究室の入口に三人の男が狭そうに立っていた。

私に向かって立っている中央の男にも、その手の拳銃にも見覚えがあった。

「プリオール」と私の住むマンションの駐車場の二カ所で彼には会っている。メタル・フレームが、蛍光灯の光を反射した。

「高級レストランの経営者に再会するには、奇妙な場所ですな」

「深夜の駐車場で待ち伏せるのが、内閣の捜査官のやり方とは知らなかったよ、僕も。ついこの間までは」

薄っぺらな笑いを、男は浮かべた。どう見ても、空調が停止して淀んでいる工場内の温気に、汗をかいている様子がない。

男が、かすかに首を動かすと、背後の二人が歩み寄って、私からS&Wの九ミリを取り上げた。

一人は、正面の男と共に私を襲った者のようだ。

「お店では、トボけられちまったし、駐車場では、あっさり振られた。だが、ここでは、腹を割って話してもらえそうだな、加賀さん」

私は黙っていた。

いきなり、鳩尾に突きを入れられた。マンションの駐車場で私が殴った男であった。

呻いて、膝をついた。左頬に、リボルバーが叩きつけられた。照星が頬を裂き、顔全体の左半分が痺れたようになった。

「なまじっかじゃ、あんたには利かんよな」

私を見下ろしている、眼鏡の男が独り言のようにつぶやいた。

「何を知りたいんだ?」

私は咳こみながらいった。

「牧野の居所だ。奴は、自分の発明をどこにやった?」

「知っていたら、こんな所に来んさ」

「殴れ」

両側からパンチを喰らった。目まいがして、再び膝が崩れたが、もう一度ひきずりおこされた。

同じ問いがくり返された。私は首を振った。

再び殴られた。

今度は、床に額を打ちつけるのを、誰もとめてはくれなかった。

「松宮貿易のピカ一だった人だ。簡単に口は割らんとは思うがね」

男はいって、爪先で、私の肩を蹴った。

「知っていた、のか」

「知ってたさ。五年前、あんたがそこを追い出され、腹いせにうちの仲間を、ハリダートと一緒に襲ったこともな」

「何だと……」

体をおこそうとした。

蹴られた。

腫れ始めた口で訊ねた。

「お前らのヘッドは誰だ？」

「訊いているのはこっちだ」

眼鏡の男はいうと、二人の部下に、両側から私を抱えおこさせた。

「裏切り者は誰なんだ？」

また訊ねた。

「知らんな」

右頬を平手が襲った。

「加賀さん。面白いものが、ここには在るんだ。私は、牧野と同じでこちらの部門を担当しているんだ。電子工作をね」

眼鏡の男はいった。「プリオール」を訪れたときと同じ、高そうなサマー・スーツを着ている。

「これを見ろ」

髪を摑まれて、牧野の作業机の傍らにある箱を見させられた。金属製で、ところどころ絶縁されており、メーターがいくつかはめこまれている。

「こいつは、正確には、絶縁抵抗測定計というんだ。通称、スーパー・メガといってな、試作した製品の絶縁状態を調べるのにつかう」

私は男の顔を見つめた。冷たい塊《かたまり》が、温気の汗を、別のものに体内で変え始めた。

「これが、ブローブ・テスト・コードだ。通電すると、赤く光るんだ。こいつは、百ボルトから千ボルトまで自在に電圧を変えられるんだ。

加賀さん。感電したことあるかね？　百ボルトの家電ならあるだろう。あいつは、知らぬうちに感電したときは、ショックは意外に低いもんなんだ。面白いね。ところが、前もって感電することがわかっていると……。こいつは、きついよ」

そういって笑みをうかべた。私は何もいう気になれなかった。

「牧野はどこだ？」

私は首を振った。

「電源を入れろ」

蛍光灯の光が一瞬、暗くなり、装置が低く唸った。

「考えた方がいい」

眼鏡の男がいうと、体の向きを変えライティング・デスクの上の外線電話の受話器を取った。

私はそれを見て、彼らには気づかれぬようそっと息を吐いた。待っていたのだ。

男はダイヤルを回し、先方が出るのを待っていた。相手が出た。

「今、キャッチした。これから訊き出すところだ――え、捜していたものは、見つけられなかったようだ」

「…………」

「わかった。そいつも訊き出して見よう。――ああ、おやすみ」

受話器をおろして向き直った。

「決心はついたか」

「誰に電話していた？」

「あきれたな。まだ立場がわかってないようだな。手初めに百ボルト、お前さんの体に流してみればわかるかな。

おい、椅子に縛れ。お前達におさえつけておかすわけにはいかないからな。一緒になって感電しちまう」

「どうせ殺すのだろうが」

「楽に死ぬ方法もある。一発だ。長い時間、高圧電流で痛めつけられて死ぬよりはましだろう」

男はいった。

私は溜息をついた。

「本当に一発で仕止めてくれるか?」

「ああ、一発だ」

消音器を装着していても、四十五口径になると、銃声はかなり大きい。

私の左腕を押さえていた、駐車場のコンビの片割れが、体を作業机に叩きつけた。

研究室の入口を振りかえりながら、右側の男は、拳銃をひき抜いた。だが、次の瞬間、頭蓋を失ってよろめいていた。私はその拳銃にとびつきながら、死体を眼鏡の男に向けてつきとばした。

眼鏡の男は、呆然《ぼうぜん》としながらも素早くリボルバーを発射した。

三十八口径の銃声が室内で響くと、完全に耳をつんざく。つきとばした死体が弾丸を喰らって、一回転した。

「殺すなっ」

入口に現われた松宮が、体をふせながら怒鳴った。男は、もう一発撃った。

死んだ男のオートマティックの安全装置を親指で外しざま、二発撃った。

一発は眼鏡の男の肩に、もう一発は膝に命中した。どちらも右であった。

男の体がコマのように回転した。

ライティング・デスクにぶつかり、倒れた。

振り返ると、松宮が、ハンカチをかぶせた手で、コルト・コマンダーから消音器を取り外そうとしているところだった。茶の上着の左肩が裂け、唇のはしから血が流れている。

三十八口径の弾丸がかすった衝撃で、床に頭を打ちつけたようだ。

人を撃ったのも五年振りである。オートマティックを握った手を見た。震えてはいない。

松宮が、ハンカチで唇をぬぐい、しっかりしているとはいえぬ足取りで歩み寄ってきた。

眼鏡の男は床の上で泣き声のような呻きをあげていた。右膝が砕けたようだ。肩よりもそちらの方が出血が激しい。

松宮がかがみこむと、男は閉じたり開いたりしている目の焦点を、その顔に合わせた。

「私を知っているか」

「く、くそ。罠をかけやがって」

松宮が平手で男の顔を殴った。眼鏡が飛んだ。

「私を知っているな」

「だ、誰だ」

「松宮だ」

男の目が広がった。

「加賀、貴様、俺達が待ち伏せるのを知っていやがった……」

「そうだ。加賀は知っていた」

松宮は低くいうと、もう一度殴った。

「誰から訊いた？　今夜加賀の来ることを」

「………」

松宮はコルトを抜いた。

「左膝、左腕を撃ってやる。それから傷口に、あの……」

私がかけられようとした、絶縁抵抗測定計を顎で示した。

「コードをつなぐ」

私は最初に死んだ男から、自分の銃を回収した。松宮が脅しているのは、単に自分の得る答を確かめたいからにすぎない。

「やめろ」

男は呻いた。顔色が信じられぬほど蒼ざめている。出血のせいだ。

「考えることだ」

松宮は立ち上がると、外れていた外線電話の受話器を取り上げた。一度、フックを押し断線したあと、ダイヤルを回す。

「八〇七、松宮」

相手が出るという。

八〇七――八月七日から始動された作戦である。即ち、松宮貿易は牧野が失踪した時点から行動を開始していたのだ。

「探知は……そうか。自宅か? うん。了解」

受話器を置いた。

「誰だ？　早くいった方がいい。彼は本気でやる」

私は低くささやくように男の耳にいった。

「俺は……俺は……」

私は眼鏡を拾い、男にかけさせてやった。

私の目から答を嗅ぎとった。

人物の名をいった。

「そいつの上にいる者は？」

松宮が聞きとり、私の後ろからいった。それこそ、松宮が最も知りたい答であった。

「知らない」

「お前は何級だ？」

松宮が訊ねた。

松宮貿易が五年の間につきとめた、新組織の構成員の階級である。

下部工作員が三級、彼らを統率する者が二級、一級工作員は組織のリーダーである。

三級の者は一級の者を知らない。それぞれ、自分の直属の上級工作員しか知らないのだ。

二級工作員は数少ない。トップに立つ一級工作員をつきとめるには、二級工作員をどうしても捕捉しなければならないのだ。

過激派グループが秘密保持のために考えだした組織構図と似ている。

愛媛県警本部で、板倉電子工場を舞台に、私を囮にした罠を、松宮と二人きりで仕掛けることに同意したとき、そのシステムを聞かされていた。

松宮は新組織の上部に肉迫するために、敢えて、自分の部下を使わず罠をかけたのだ。彼が、松宮貿易の社員に命じたのは、こちらが予想した人物の電話の盗聴と、この工場からかけられる外線の探知であった。

「三級」

男が答えた。松宮の面に、わずかだが、落胆の色が浮かんで消えた。

「今いった奴が二級か」

血の匂いが堪《た》えられぬほど濃かった。

「そうだ」

一級工作員の正体――本当の汚染者を暴くためには、まず生きた二級工作員をつかまえなければならない。そのためには、三級工作員をただ捕えるだけではなく、獲物に対して絶対優位の立場にたたせねばならなかったのだ。

この三級工作員の男が自分の直《す》ぐ上に立つ者に電話を入れるかどうか。

私を拷問し終えるまで、彼が電話をかけなかったら、松宮は冷静にそれを待っていたにちがいない。物陰から、一部始終を見つめて。

「一級の名は？」

「知らない」

松宮が砕けた、男の右膝を蹴った。

悲鳴をあげた。

「本当だ、本当に知らない」

松宮は踵を返した。上着のポケットから再び消音器を取り出して、銃口にねじこむ。

振り向きざま、男の左胸を撃った。

「事後処理を命じないのですか」

私は乾いた口で訊ねた。

「汚染者に罠のことを知られたくない」

つまり、死体をこのまま放置しておくということである。不快感が体中を走った。

「この消音器も年季だな。もうそろそろ使いものにならなくなる」

とり外しながらつぶやいた。

二人で自分達の指紋を消し、工場を抜け出した。私が始末した見張りの車はなかった。

「牧野の妻も、私が今夜ここに忍びこんだことを知っています。もし、死体が発見された警察が訊問したらやっかいなことになる」

「それまでには処理をさせる」

松宮が乗ってきた車は、私の車の後ろにつけられていた。

「リストを」

松宮が自分の車の扉を開いたとき、私はいった。ここでの罠を、料亭を出てからの電話で打ち合わせたときに頼んでおいたものであった。

「まだだ」

松宮はいった。

「まだ？　何を遅れているんです。牧野の行方がつきとめられるかもしれないのに」

「二級の男を叩く方が先だ。君がやるんだ。一級工作員の名をつきとめろ。そうすれば、君と牧野の冤罪《えんざい》を晴らせる。牧野もそれを知れば現われるだろう」

私は小柄な初老の男を見つめた。確かに老い、傷ついてはいるが、その怜悧《れいり》な計算能力はにぶっていない。

「電話の盗聴と探知工作は誰に？」

私は訊ねた。その松宮貿易の社員だけが、全貌ではないにしろ、私と松宮の汚ない裏切り者あぶり出し計画の一端をになっている。

松宮は教えまいとした。拒絶の言葉を吐くために息を吸いこんだ。だが考えが変わった。

一瞬、その目に興味深げな色が浮かんだ。

自分が唯一、組織の人間で信ずる要素の濃いと見た人物の名をいった。信頼しているのではない。

彼に百パーセントの信頼はない。誰をも、すべて信じることはない。

「原だ。奴は、君が咬《か》んでいるのを知らん。ただ工作を命じただけだ。知れば……」

私は答えなかった。

松宮は後をいわずに車に乗りこんだ。

知れば原は、私をつけ狙うにちがいない。

松宮の車の尾灯が遠ざかってゆくのを、そこに立って見つめていた。

私はこれから、眼鏡の男が洩らした人物の元を訪れ、叩いて一級工作員の名を吐かすことになる。

私なりの方法で。

時計に目を落とした。午前三時を回っていた。

眼鏡の男が板倉電子工場の研究室から電話を入れた相手は、私に吐いた人物と一致していた。

8

その人間が二級の工作員なのだ。配下の三級工作員を使って、牧野の発明を奪おうとしたのである。

私は、海上保安庁宇和島海上保安部に向けて、車を走らせた。

どんな時間であろうと、そこには当直がいるであろうし、その人物が私の欲しい情報を提供してくれるはずであった。

一時間を海上保安部で費し、表に出た。

私はそこで、本来、松宮から受けとる筈であったリストと同じものを手に入れることができた。

宇和島港、およびその周辺に停泊している、漁船をのぞくヨット、クルーザーのリストである。

牧野が密かにクルーザーを手に入れていたのではないかと、私は考えていたのだ。

彼が大学時代、クルージング部にいたことを、私は雪の話を聞くまで忘れていた。だがクルーザー購入の話を知ったとき、牧野の計画を知った。

おそらく、牧野はいつか自分が再び松宮貿易に追いつめられることがある日を想定して、妻にも内緒でクルーザーを買っていたにちがいない。

リストの所有者欄に牧野の名はない。しかし、船名の中にたったひとつ、私の興味を惹くものがあった。

「ミヤコ号」

美也子——かつて私と牧野が偽造の五千万の預金通帳で罠にはめられたとき、通帳の名義人は、私が加賀哲、牧野は、牧野美也子になっていた。その名は、離婚した前妻のものでもなければ母親のものでもなかった。

だが、牧野にとっては心当たりのある名であったにちがいない。

美也子という名が、彼にとってどんな意味を持っているのか、私は訊かずじまいであった。

しかし、それは何らかの意味を持っているのだ。その事実を新組織は握っていた。

私と牧野を罠にかけるために、彼らは私達のことを洗いざらい調べあげたのであろう。

当時の松宮貿易すら、つかんでいなかった牧野の秘密である。

それが一体、何であったのか。

私は、牧野の家に向けて車を走らせながら考えていた。

早朝に、訪れることを雪に電話で知らせておくべきだったかもしれない。だが、私はあえてそれをしなかった。

白川の運転するセンチュリーで連れられた、牧野の家の前に車をとめたときは、既に夜が明け、空は色を変えていた。

工場の死体は既に運び出されているであろうか。

私はインタホンを押しながら考えた。左頬の傷は血が乾いたのを、海上保安部の洗面所で洗いおとしていた。だが上顎の骨が熱っぽく痛んでいる。

海上保安部の係官は、私の傷を見て、驚き怪しんだ。

だが、クルーザーを所持している友人といざこざをおこし、その結果、自殺の恐れがあるので行方をつきとめたい、という私の作り話に信憑性《しんぴょうせい》を持たせる効果はあったようだ。

お手伝いの中年婦人は、すでに起きていたようだった。

扉が開き、門の前に立つ私を認めると無言で門を開けてくれた。

応接間に通されると、私はそこで待った。

数分後、暖かな湯気の立ち昇る味噌汁の入った椀を運んできた。

「体があたたまります。どうぞ」

「ありがとう」

「奥様は着替えていらっしゃいます。おすみ次第、いらっしゃいますから」

私は感謝の気持をこめて彼女を見た。主が失踪したことを、この婦人は知っているにちがいない。だからこそ、早朝訪れた非をもとがめず、こうしてくれるのだ。

「加賀さん！」

雪が、ジーンにサマー・セーターを着けて応接間に現われた。化粧はほとんどしておらず、口紅をひいているだけだ。

「どうなさったんです。お怪我を……」

そういいながら、雪は救急箱を中年婦人に運ばせた。

「殴られたんです。いつか、あなたにバンドエイドをはっていただいた傷をつけられたのと、同じ人間に」

私は痛みをこらえて微笑んだ。柔らかな椅子の感触にほぐれた体が、あちこちで悲鳴をあげていた。

雪は驚いて私を見つめた。

「でも、どうして」

「私を待ち伏せていたんです。牧野の研究室で」

「まさか」

私は首を振った。

「それより、牧野の居所がわかりそうなんですが。美也子という名に心当たりはありませんか?」

「美也子、さん……」

雪の面に怪訝な色がうかんだ。

「そうです」

「牧野の遠縁にあたるお嬢さんに、そんな名前の方がいたように思います。東京にいた頃は、あまり連絡がなかったようですが、こちらに来てからは——私はここでの牧野しか知りませんから——時々、葉書などを送っていたようです」

「雪さん」

私はすわり直し、彼女の顔を正面から見つめた。

「牧野が以前、結婚していたことは御存知ですか」

雪は私の視線を外さずに答えた。

「知っています。でも、その方の名前ではないと……」

「の、ようですね」

「じゃあ、一体誰なんでしょう」

牧野に会って訊くしかないであろう。私には漠然とした予感があった。しかし、それを雪に対して口にするのは憚《はばか》られた。

「牧野は一体、どこに……」

私の沈黙に堪えかねて、彼女が訊ねた。

「船です。クルーザー。おそらく、ミヤコ号という名の」

「では、あの人は……」

牧野は多分、ハリダート大佐から私達が受け取った報酬の一部をクルーザー購入に当てたのだろう。

私は、海上保安部に、ミヤコ号の現在位置を捜査するよう依頼してあった。ただし、自殺の恐れがあるので乗員には知られぬよう捜査すること、という条件を付加していた。

話し終えると、雪が救急箱を手に私の向かいから隣に移った。

「また、あなたに貼ってもらうのか」

私は苦笑した。

「いつまで、こんなことが続くんでしょう」

雪は悲し気に笑った。

「もうすぐ終わります」

「私は牧野について、何も知らなかったのと同じことですわ」

「そんなことはない」

雪の体から暖かな香りがした。私は吸いこまれるような疲労を味わっていた。

「加賀さんの奥様はどんな方でらしたの」

ソファの背もたれに腕をのせ、それに顎をあずけるようにして、雪は私の顔をのぞきこんだ。

美里。

私は彼女と知り合ったいきさつをのぞいて、話した。美里のことを人に話すのは、それが初めてであった。

中年の婦人が朝食を運んできた。

朝食を終えたあとも、私は雪に話していた。それは、これから私が行う仕事から気持をそらす役割は果たしてくれなかった。

徐々に重いものが心の中によどんでくるのを感じていた。

午前八時半、白川が来訪したことが告げられた。

白川は私が牧野邸にいることは予期していなかった。

「加賀さん――」

応接間に通されると、驚きを示した。

「牧野の居処《いどころ》がわかりそうなんです」

雪がいった。

「どちらですか!?」

私は答えた。

「クルーザーに……。それで今の居場所は」

「海上保安部で捜しています。見つかり次第、連絡がここに入ります」

「昨夜、工場で手がかりをつかめたのですね」

「船舶購入に関する書類の有無を確かめたくて行ったんですがね。奇妙な連中に待ち伏せを受けまして」

「で、そのお怪我を――」

「そう」

私は頷いた。工場の死体は既に片付けられているにちがいない。

「どんな連中だったのですか、警備係は何をしていたんだろう」

怒りの色を面に浮かべて、白川は電話に歩み寄った。

「いや、もう大丈夫ですよ」

私は苦笑していった。守衛に見つからぬよう侵入することが目的であったのだ。尤も、あの三級工作員達は、守衛を殺したかもしれない。とすれば、守衛の死体は彼らによって目につかぬ場所に運ばれているだろう。

「しかし……」

白川がいいかけたとき、電話が鳴った。白川がそれを取り上げ、私を振り返った。

「加賀さん、海上保安部からです！」

雪が腰をうかした。私は受話器を受けとった。牧野家に連絡してくれといってあったのだ。

牧野の乗っていると思しきクルーザー「ミヤコ号」が発見された。場所は、佐田岬の突端、佐田岬灯台の真下近くである。

私は礼をいい、すぐにそこに向かうことを約束して電話を切った。

「どこですか！」

白川と雪が同時に訊ねた。

「佐田岬の突端だそうです」

「そうか。あそこらは、車でも近づけないし、ちょうどいい場所なんです。隠れ家としては」

私は白川を見た。

「隠れ家？」

「そうです。社長はきっと、御自分の発明を持って、そこに隠れたにちがいありません」

「白川さんは、牧野の発明がどんなものであるか、御存知ですか？」

私は訊ねた。

「いえ、私は何も。社長は、御自分の発明については何もおっしゃりませんでしたから。加賀さんを襲った連中も社長の発明を狙った産業スパイか何かにちがいありません」

「おそらくね」

私は答えると立ち上がった。

「行ってみます」

「待って、私も行きます」

雪が追いすがった。

「いや、危険だからあなたは来ない方がいい」

「でも」

「奥さん。私が代わりに参ります。加賀さん。あのあたりの道はむずかしいのです。おそらく車を降りて一キロほど歩かねばならないと思いますから」

白川がいった。私はためらいを見せた。

「しかし……」

「加賀さん」

懐から手帳を取り出すと、白川はいった。

「あのあたりは、戦時中、帝国陸軍が豊後水道を通過する船舶を攻撃するためにトーチカをつくっているのです。私が、ちょうどいい隠れ家だといったのもそのためです」

「君は、雪さんから私の立場について聞いているのかね」

私は白川の決意をひるがえそうといった。

「実は、聞いております」

白川は雪をちらりと見ていった。

「加賀さんが、今どういう理由で牧野社長を捜されているかも」

そういって手帳に数字を書きこんだ。

「白川さんだけには、信頼してすべてをお話したんです」

雪がいった。

「ですから、私だけは……」

そう続けて書きこんだ数字を私に見せた。

「八〇七」

そう記されていた。私は白川の顔を見つめた。若くて、頭も切れ、板倉電子の社長室長であるこの男が、松宮貿易の社員だったのだ。

――君と牧野の新たな生活を、松宮貿易は何年も前から掌握していた――

松宮の言葉が甦った。松宮は、社員を牧野の部下としてとっくに送りこんでいたのだ。

利用できる日が来るのを待って。

私は無言で頷いた。

「いいでしょう。案内をお願いします」

私達は、雪を牧野邸に残し、白川の運転するセンチュリーで佐田岬まで向かうことになった。

国道五六号線を北上し、途中から一九七号線を西に向かって左へ曲がる。八幡浜市を抜け、細長い佐田岬半島の突端に出るのだ。

「社長、いえ牧野さんは、クルーザーに今でもいらっしゃると思いますか」

白川はセンチュリーを運転しながら訊ねた。

「わからないな。君のいうトーチカに隠れているかもしれない。白川さん、あなたは社長室長として、牧野がどんな形で新組織の工作員に狙われていたかは知っている筈だな」

白川は前方から私に向けて素早く視線を走らせた。

「ええ。しかし、松宮貿易の社員外の方にはちょっと」

「私は松宮の命令で今は動いているのだ」

「知っています。社長からも聞いていましたから」

「いつだ」

「昨夜です。今、四国には松宮貿易営業部の全社員が来ています。加賀さんが、愛媛県警本部で松宮社長と会われた後、私だけは、社長から連絡をうけました」

「他の社員は？」

「知らないと思います」

　私は白川を見た。

「どういう内容で？」

「ただ、加賀さんが、松宮社長の直接命令で牧野さんの行方を捜査することになった。必要な際は側面援護せよと」

「板倉電子の設立時から君は社員として滲透していたのか」

　私はいった。

「そうです」

　松宮も変わったものだ。

　殺す機会はいくらでもあったはずなのに、滲透工作員を置いて、それで監視していたのだ。

「君はどこから松宮貿易に」

「警視庁です」

　私は彼の、淡いグレイのスーツを見た。

「拳銃は？」

「持っています。スミス&ウェッソンの三十八口径です」

「わかった。必要な際は援護を頼む」

「はい。しかし、新組織の連中は、牧野さんの居所をつきとめているでしょうか」

「私は、かつてその組織のダブル・エージェントと見なされて松宮貿易を追われた人間だ。君はそれを信じてはいないのか」

「私が松宮貿易に入社する前のことです。それに私が入社してすぐ、松宮社長は私を滲透工作員として四国へ派遣されましたから」

「そうか」

「でも、加賀さんが松宮貿易を去る前までの優秀な成績を存じています。大変な腕きでらしたそうですね」

私は自嘲の笑みを浮かべた。もう二度と戻るつもりのなかった世界での話だ。

「時代が変わったようだ。私のような人間はもう必要ないのだ」

「…………」

白川は答えなかった。

佐田岬半島を三崎町まで辿る一九七号線の一本道に入った頃から、天候がにわかに崩れだした。曇っていた空に、厚い黒雲が立ちこめ始めた。

「ひと雨きそうですね」

白川は空を目で指した。

スモール・ランプを点灯せねば、危険なほどの曇り方であった。

雷鳴が低く轟《とどろ》き始めた。

「牧野さんはきっと、陸に昇っていますよ」

「あのあたりは、そんなに簡単に上陸できるのか」

「ええ。養魚場のイケスがあるのです。岬の先端部と、小島の間に」

「小島？」

「小島というよりは岩の塊といった方が良いかもしれません。トーチカは、その島と岬の突端部の二カ所にあるのです。おそらく、いるとしたら小島の方でしょう」

「どんなトーチカだ？」

「そこまではちょっと。ただ、あそこの行きつくまでには、車を降りてから少し歩かなければなりません。途中までは海水浴場があるので道も開けていますが、そこから先はけっこう、この雲ゆきではしんどい行軍になりそうです」

ぽつり、ぽつりと雨滴がフロントグラスに落ち始めた。

北の海の方角に稲妻が走った。

「きたな」

私はつぶやいた。

雷鳴がますます近づき、激しいものになってくる。

車で近づけるだけの地点まで到着した時、雨は本降りになっていた。

いよいよ、牧野と再会するときがやってきたのだ。

「傘はさせませんね。勿論」

白川はつぶやくようにいって、エンジンを切った。車の屋根を大つぶの雨が叩いている。

「失礼」

いってダッシュ・ボードを開くとウェスト・ホルスターを取り出した。S&Wのマスターピースモデルのリボルバーである。三十八口径で装弾数六発。安定性、命中率が共に、非常に高い。

「小島の方のトーチカに牧野がいた場合、こちらから移ることはできるのか」

稲妻が再び光り、鋭い音が頭上を走った。

「どうでしょう」

まるで日蝕のような闇を見すかして白川はつぶやいた。

私達は車を降りた。

午後三時過ぎ、私達二人は佐田岬の突端部に辿りついた。雨も雷も、激しさを加え、今では、二人とも下着までズブ濡れになっている。

丈の高い草が生え繁った斜面が続き、踏みかためられて開かれた道の果てに、灯台が立っていた。草むらの部分には、所々、巨大な穴が開いていて、落ちた場合、骨折の危険がある。

おそらく、トーチカを作りかけて中止した部分にちがいない。

一度、灯台の真下まで行きつくと、私達は海を見下ろした。

「あれです」

耳朶《じだ》を叩く雨に負けまいとするように、白川が叫んだ。

荒れぎみの海に、激しい雨をすかして見下ろすと白いクルーザーが浮かんでいた。

どうやら、岬側に停泊しているようだった。

「船の中でしょうかっ」

白川が再び怒鳴った。淡いグレイのスーツが、すっかり水を吸って色を変えている。

「先にトーチカの方を見てみよう」

私はいった。白川が頷くのが見えた。

稲妻が灯台の避雷針の上に走り、一瞬、はっとするほどの光であたりが照らし出される。海側から吹きつける風が、雨を横殴りに叩きつけてきた。

足元に注意しなければ、むき出しの石も多く、転倒するおそれがあった。

トーチカは、海に面した崖に二つのトンネルの入口のような穴を開けていた。崖の側に、穴より低くなった道があり、そこまでつづいているのだ。

私達は、それを辿っていった。

高さが三メートル以上ある穴が、真っ暗な内部に続いている。

おそらく二つ並んだ、この開口部は、中でつながっているにちがいない。

私達はよろめくように、中に飛びこんだ。全身に叩きつけていた雨から解放される。

穴の部分から海を見ると、完全に水平線が、暗雲と雨煙の中に吸いこまれていた。

海鳴りともつかぬ、腹の底まで響くような音が耳に轟いてくる。

白川が大きく吐息すると、がらんとした穴にその音が反響した。穴の入口部分は、土をコンクリートで補強してある。

私は、ゆっくりと注意深くあたりを見回した。

もうひとつの開口部につながるU字型のトンネルの奥は完全な闇に閉ざされている。

その奥に、牧野がいるのであろうか。

「加賀さん」

白川が、押し殺したような声で不意に囁いた。

足元から何かをつまみあげる。

さほど古くない、煙草の吸殻であった。

牧野。

私は、顔の水を、手でぬぐった。スイングトップを脱ぐと、両手で絞る。

「牧野社長――っ」

白川が奥に向かって怒鳴った。

「私です。白川です。加賀さんも一緒ですっ。出てらして下さい」

私は、白川を見つめた。薄闇の中で、白川の歯並みが白く光っている。

まったく好青年であった。若く、清潔感に溢《あふ》れ、どう見ても情報機関の工作員には見えない。

「牧野っ」

私も闇に向かって怒鳴った。

二人は返事を待った。中は静かである。

「いないんでしょうか――」

白川がいいかけた時、闇の奥で物音がした。つづいて、何かが動いた。

私は拳銃にゆっくりと手をかけた。

「牧野、私だ」

もう一度いう。闇の中の動きは、やがて人影となり、そして長身の姿となって現われた。

それが牧野との再会であった。

9

「牧野社長」

白川が弾んだ声をあげた。牧野は両手に何も持たず、しっかりとした足取りで近づいてきた。白いヨット・パーカにコットン・パンツをはいている。

「加賀、来たのか」

疲れたような声音で牧野はいった。

「来なければならなかった。どうしてもな」

私の声の変化に、白川がいぶかしげに私の方を振り向いた。

「牧野、最初から松宮と組んでいたのか？」

私は手を銃把においたまま、訊ねた。

「なに？」

「俺がいずれ、お前を捜しにここまで来ることはわかっていたはずだ。そうだろ、牧野」

牧野はまぶしげに私を見つめた。

白川が後退《あとずさ》りして、私と牧野を交互に見比べた。

「どういうことです、加賀さん」

「どういうこと？」

私はくり返した。疲れ、頭痛がひどい。このまましゃがみこみたい気分であった。

「全部罠だといっているんだよ」

白川が目をみひらいた。全身が凍りついたように動きをとめる。

「いつからだ？　白川。松宮貿易に入る前からか？　それとも、四国に派遣されてからか？」

私は訊ねた。

「何のことです？」

白川は驚いたようにいった。

「お前が二級工作員なんだ。新組織の」

「何だと？」

牧野が驚いたようにいった。

「なあ白川、お前は牧野の発明がどんなものであるか、知らないといったな。だが本当は何が作られようとしているか、探り出していた。社長室長だからな、それができる筈だ」

「それは……」

「どんなものだ？」

「軍事衛星に装置することによって、地下基地を発見する能力がより高められる、センサーだと……」

「なるほど。それを信じたのか？」

「加賀っ」

牧野が叫んだ。

「牧野、俺はどうしても松宮の話が信じられなかった。確かにそういった装置の開発は、既にいくらでも各国の軍事研究機関で進められている。だが、それは気の遠くなるような金と、複数の優秀なスタッフを導入して、初めて可能な作業だ。にもかかわらず、松宮貿易と、あの、新組織がお前の発明を追って、激しい活動を展開している。もし、もしもだ。牧野の研究——そして発明が確かに本当に、これまでの情報戦略を大きく変えてしまうものだったとすれば、それは問題ない。だが、最初からそんなものなど、存在しなかったとしたらどうなる？」

私は静かにいった。

白川が唇をかみしめた。

「気づくのが遅すぎたよ。四国にやってくる前に、変だと気づくべきだった。牧野が私の店の住所を知っているのも不自然だった。そして、あのテープ。あれは、私をひきずり込むための手段だった。新組織の工作員が当然、私をマークしてくる。その結果、私がどうしても、牧野の行方をつきとめねばならなくなるからだ」

「では、発明など、最初からなかったというのか？」

白川がつぶやいた。

「ああ、そうだ。そんなものなどなかったのだ。すべては、腐敗し、汚染している松宮貿易を粛清するために、社長の松宮が立てた計画だった。松宮は、ずっと私と牧野から目を離さずにいた。そして、汚染源をつきとめるために、牧野、お前を使って偽の情報を流したのだ。新発明という形のな。

偽情報は、まず松宮貿易の内部に、白川を通じてもたらされた。それが必ず、松宮貿易を汚染している新組織に流れることを予期した上でだ。そして、当然、新組織は動いた。

牧野の周囲に監視者が現われる。そこで、牧野は失踪する。当然、松宮貿易も新組織も、牧野の行方をつきとめようと躍起になる。

その過程で松宮は、社員ではなくなった私を使って汚染者をつきとめようとしたのだ」

「読んでいたのか……」

牧野が低くいった。

「ああ、読んでいた。そして昨夜、私と松宮は極秘の罠をしかけた。牧野の行方を知ろうとする新組織が必ずひっかかってくる罠だ。白川、お前の部下の三級工作員は見事にひっかかったよ。私を拷問する前に、お前の自宅に電話を入れた。だが、その後、彼らから何の連絡もないので、不安になったお前は、牧野家を訪ねたのだ。そこに私がいて、さぞ驚いたろう。しかし、自分が松宮貿易の社員であるという切り札が自分の身を守ってくれると信じていたんだな――」

白川が抜いた拳銃を私は、撃ちおとした。

右腕を押さえた白川は、がっくりと背後のコンクリートの壁に背をついた。

「一級工作員の名を教えてもらおうか。その人間こそ、松宮貿易の汚染源にちがいない。五年前から、すべての社内情報が筒抜けになっていた以上、お前である筈はないのだ」

「二重の罠か？」

口惜しそうに、白川は微笑んだ。

「そう。お前をひっかけるために、牧野を抱きこんで、私をひっかけたわけだ。松宮という男はそういう人間なんだよ」

「加賀、俺も、お前を甘く見ていた。だが、松宮もそうだったようだな」

「どうかな……」

私は首を振った。

「私も、松宮の思うようにハメられたのだ。もう一度、犬になったのさ」

「だが気づいていた。そうなんだな、加賀。では、なぜここまで追ってきた？」

牧野が叫ぶようにいった。わずかに奥に向かって傾斜している穴の入口から、雨水が流れこみ足を濡らしている。

再び、間近に落雷したとき、閃光に照らし出された牧野の背後に、朽ちかけた砲座の木組みが見えた。それは、巨大な納骨堂のようであった。

そこに私の過去を葬ることができるのか。

「知りたかったからだ。松宮の計略に気づいても尚、自分が奴の走狗にされることを知っても尚、俺は五年前、自分をハメた人間が誰であったのか、知りたかったからだっ」

私は雷鳴に負けず、怒鳴り返した。

私達が再び穴の闇に吸いこまれようとした瞬間、白川が動いた。右袖からひきだされた左手が流れるように動き、私が反射的に体をひねった瞬間、左肩にさしこむような痛みを感じた。

「加賀っ」

牧野が叫んだ。左肩に付け根まで刺さったナイフの柄が見えた。

拳銃に飛びつこうとした白川を止めるべく、牧野が身をおどらした。

水飛沫《みずしぶき》があがり、二人の男が穴の底へ転がった。

私は歯をくいしばって拳銃を二人に向けた。暗闇と激痛で、正確な射撃がおぼつかない。

こもった銃声が突然、二人の間でおこり、白川の上に馬乗りになった牧野の白いヨット・パーカの背から血が弾けた。

牧野が仰向けにのけぞると、白川がその体を蹴るように逃れた。私は目もくらむような怒りにおそわれて、引き金を絞った。

銃声が反響した。その瞬間、私は白川を殺してしまうと、一級工作員の名を知ることが不可能になることを忘れていた。

弾丸はそれ、吸いこまれた闇の底で砲座の木枠に喰いこんだ。

白川は牧野の体の下から転げ出すと体をひねり、左手に握った拳銃を撃った。

弾丸が傍らでコンクリート片を弾いた。弾丸は、風化したコンクリート壁のおかげで、跳弾しなかったのだ。

私は仰向けに横たわった牧野に向けて、体を倒した。その間に白川が穴の奥へと駆けこんだ。私は完全に不利な位置にあった。

穴の入口を背にする私は、闇の奥に立つ白川からは標的そのものである。

牧野は目をみひらき、浅い息をくりかえしていた。水の流れが、薄い頭髪を濡らしている。

私は牧野と、奥の闇を見比べた。白川がここで私を始末しようとする可能性の方が、逃げ出すことより高かった。

奥のつながった二つのトンネルは即ち、二つの出入口を持つことになる。左袖だけが、濡れていても暖かい。血が流れつづけているのだ。

私は伏せたまま、ゆっくりと後退した。

予備弾を持たぬ場合の白川の残弾は五発。

確実に私を殺せる。私が白川を仕止める、唯一のチャンスは稲妻である。

その閃光《せんこう》が穴の底を照らし出した瞬間、私は白川の姿を捕捉することが可能になる。

牧野は左の半身を穴の奥に向けて、横たわっている。牧野と私の元を流れる細い水流が、牧野の体の下をくぐると、赤く色を変える。

稲妻が光った。

白川がU字型の穴の、ゆるやかなカーブ部分の壁にへばりつくようにして拳銃を構えているのが見えた。

白川が撃ち、牧野の左脚が奇妙な角度にねじれた。牧野が呻きをあげる。左脚に命中したのだ。

私は、銃を白川の下半身に向けて、全弾発射した。薬室とマガジンに残っていた、六発の弾丸がすべて闇の中に射ち込まれる。銃声で一瞬完全に耳が聞こえなくなり、銃身の先が熱くなった。

焼けた薬莢が水の流れにこぼれた。おそらく、ジュッと音を立てているにちがいない。

私は右に体を転がしながら立ち、反対側の壁ぎわに移動した。そのまま、うずくまるようにして、待った。

長い時間が経過したような気がする。その間、落雷もなく、耳に到達するのは自分の呼吸音と、海鳴りのような低い轟きであった。

待った。

激痛と不安が膝を震わせる。

穴の奥で、何かがこすれ合うような物音がきこえ、それがひきずるような調子に変わった。

低い呻き声が重なり、重い金属が地面に落ちるドサッという音がつづいた。

白川が苦し気に咳こんだ。

それらが、白川の芝居であるかどうかを見極める余裕は、私にもなかった。痛みと出血で意識が遠くなるのを懸命に抑えていたのだ。

私はよろめくように歩み出した。足を踏み出した瞬間、稲妻が背後で閃き、砲座によりかかるようにしてすわりこんでいる白川の姿が見えた。

私は傍らに歩み寄り、懐のライターを探った。

ライターを点すと、光の方角に白川が頭を上げた。脇にたらした左手から数センチのところに、リボルバーが落ちていた。

私はそれを取り上げ、ハンマーを起こした。カチリという音と共にシリンダーが回る。

白川は私の名をつぶやき、咳こんだ。ライターの炎で見る限り、白川は両脚と下腹部に、私の放った九ミリを被弾していた。

「白川」

私は跪きささやくようにいった。白川は閉じかけていた目を開き、私を見つめた。

「お前の負けだ。一級工作員の名を吐け」

「馬鹿な」

白川は苦し気な笑みを浮かべようとしながらいった。白い歯が血で色を変えている。

「俺は、お前を甘く見ただけだ。もう、すっかりロートルだと思っていた」

「年を喰っても忘れないこともある」

私はいった。だが、三十八という普通の者にとって働き盛りの年齢は、非合法工作員にとっては既に下降の一途を辿る、いわば最も死亡率の高い年代である。

「そうか。俺は、俺は、きっとお前に勝つと思っていた。俺は――」

或《あ》る施設の名を口にした。

「お前は、あそこの出身か!?」

私は驚いて白川の血の気のない面をのぞきこんだ。そこは、私が育てられた孤児院であった。

「そうよ。とんだ西部劇だな」

私は無言で白川を見つめた。そしてリボルバーを白川に見せた。

「苦しいか」

「ああ、撃たれたのは初めてだ」

「一級工作員の名をいえ」

白川は笑っただけであった。だが、私は白川が私と同じ施設の出身であるのを知ったとき、一級工作員が何者であるか、わかったような気がした。

私はその男のことをいった。

白川はうつろな目をしただけであった。だが、そのうつろいが私に確信を与えた。

「お前は若い」

私はつぶやくようにいった。

「その演技が、俺にとっては自白だ」

「ちがう、ちがうぞっ。奴じゃない」

私の言葉を聞いて、突然白川は身を起こした。目を一杯にみひらき、肩を喘がせて叫ぶ。

「奴じゃあないっ。お前はまちがっている。本当の一級工作員は奴じゃない。貴様など、知りもせんのだっ」

私は立ちあがった。大声を出したせいで、白川は再び激しく咳こみ、嘔吐した。

「ち、ちがう。お前はまちがっている」

私は闇の奥に白川を残して、ふらつく足を踏みしめた。

牧野は生きていた。だが、白川と同じで、長くはない。

「牧野」

私は、牧野の頭の下に右手を差しこんだ。ゆっくりと持ち上げる。

「加賀……。知っていた？」

私は頷いた。

「松宮は、俺にやれといった。やらなければ、右手が使えなくなり、俺達を恨んでいる原に、俺と雪をやうせるといった」

「それだけではないな。美也子というのは、誰だ」

「美也子……」

牧野の紫色の唇がふるえ、血走った目がうるんだ。

「美也子。美也子は、俺の娘だ。離婚したとき、妻の腹にいた。別れた女房は、俺の仕事を知って……知っていた。だから、子供を持つなら、やめてくれといった。俺は、やめなかった。だから、だから、別れた。女房はだが、美也子を、美也子を、松宮や他の情報組織の汚染材料に使われまいとした。俺はいった、遠縁にあずけろ、と」

「いくつになる？」

私は優しくいった。

「じゅ、十四」

「そうか」

「十四だ。中学、さん、ねん」

牧野は弱々しくいった。

私は、その目の光が急速に虚ろになってゆくのを認めた。

牧野の頭をそっと地におろした。だが、水流に濡らされ続けることがないよう体をずらしてやった。

穴を出てゆくと、雨があがっていた。私は左肩に刺さっていたナイフをひき抜いた。

鋭利で細い。右手首にストラップでとめていたにちがいない。

白川は左手も使えたのだ。

傷口をハンカチできつく押さえながら、灯台の方角へ昇っていった。

灯台のふもとで二人の男が待っていた。

松宮と原。

松宮は野暮ったい雨合羽に作業ズボン、原はジーンの上下といういでたちである。

私がゆっくりと歩いて、彼らを無視しようとすると、近寄ってきた。

「見つけたのか、牧野を」

松宮が重たげにいった。私は白髪におおわれた小さな頭を見つめた。

小さな目、小さな頭、小さな体。

原が左手を油断なく遊ばせて、私を見すえている。五年の間に、あの学生のような雰囲気は消えうせ、削《そ》いだような頬に殺気だけがうかがえる。

「死んだ。あんたは、最初から牧野の行方を知っていた。あの、ミヤコ号というクルーザーに乗ってあちこちを移動し、陸に上がるときは、このトーチカにいることも。だから、私に船舶リストを渡さなかったのだ。牧野の居所を私が知れば、牧野の発明など、最初からありはしなかったこと、すべてが新組織の一級工作員を見つけ出すための罠であることを私が知るからだ」

私は怒りに燃えていった。

「白川はどうした?」

「あんたの足元にいた、あのダブル・スパイもあそこにいる。もうすぐだな、急げ。まだ死んではいないはずだ」

原が行きかけた。それを制して、松宮はいった。

「待て。加賀、君は白川の口から一級工作員の名を聞いたはずだ。誰だ?」

私は薄れかける意識と闘いながら答えた。

「私は逃げない。教えて欲しければ、私を拷問することだ。だがいわない。あの男は、五年前、私をハメた。だから、決着は、私がつける」

松宮は無言で私を見つめた。

「そうか。行け」

原が走った。

「東京で会おう」

松宮が私の背中にいった。私は歩きつづけた。

雪に話すのがたまらなく、嫌であった。

そして、五年前はつきとめることができなかった、牧野の娘を脅迫の材料につかい、私と牧野をここまで追いこんだ、松宮に、私は限りない憎しみを覚えていた。

10

雪にだけは、すべてを話した。夫である牧野を失った彼女に、何を話そうと、困る者はない。

松宮にとっての組織の秘密保持など、私にはどうでもいいことであった。

おそらく牧野の遺体は、銃創が見分けられなくなるほど腐乱した後、クルーザーの破片と共に海から揚がることになるだろう。

美也子という娘が牧野にいたことを、私はついに彼女に話すことはなかった。

雪が古くから知る、地元の口の固い医師が、私を牧野家に往診し、白川のナイフで刺された傷を消毒した。

私は二日間を、牧野の家で過した。主を失った家を、襲おうとする者はなかった。

二日後、私はレンタ・カーで板倉電子の本社と工場を訪れた。

会社は何事もなかったように運営されており、ただ独身の社長室長の失踪が業務をわずかに停滞させていただけであった。

白川は、牧野の板倉電子設立直後に、社員公募の広告を頼って、入社したのであった。

その後、切れる頭と爽やかな人柄を武器に出世したのだ。

だが、あの男は私と同じ、国家によって育てられ、作り上げられた工作員であった。

身よりもなく、失うものを持たぬ人間。

情報機関の統轄者にとって、これより好ましい人材はない。

牧野は雪が、私に向けてあのテープを送ることを予期して、書斎に残しておいたのだ。

送り先は、松宮が牧野に教えたにちがいない。牧野も苦しんだにちがいない。だが、
現在の妻と娘を安全にしておくために、敢えて囮となる道を選んだのだ。

工場を監視する新組織の人間達は消えていた。私は彼らが、作戦の失敗を知って引きあげたとは思わなかった。

おそらく、来るべき松宮貿易からの反撃に備えて、力を結集しているのだ。

「プリオール」は何事もなく、営業されていた。

夏休みは終わりに近づいており、残り少ない自由な日々を満喫しようとする若者で、昼間はいっぱいである。

私が四国から戻った夜、私は滝と、客の数がまばらな店の隅で飲んでいた。夜間は照明を落とし、できるだけ落ちつけるムードを演出することにしている。

褐色でまとめたインテリアと、ところどころの真鍮《しんちゅう》金具の金色が調和して、自身の店であることを知っていても、席をたつのが憚られる雰囲気をかもしだしている。

シェフの有海に頼んで作らせた、テンダロイン・ステーキを片付けると、私達は極上のワインを飲み干し、バー・カウンターへと移った。

「社長、〝プリオール〟の奢りです」

滝が低い抑制のきいた声でいうと、バーテンにヘネシーのX・Oを持ってこさせた。

彼は、私に何も訊こうとはしなかった。

「支店を出せという声がお客様から高いのですが……」

滝はタキシードのボタンを、私の許可を得て外した。店は既にオーダー・ストップされており、最後の客が粘った腰を上げようとしている。

「どこに？」

私は驚いて訊ねた。

「国鉄の駅前か、あとは東京か、大阪にと」

「君はどう思う？」

「税金のことを考えましても、悪くはないと思います」

私は考えた。そしていった。

「今はよそう。悪いが明日から数日、東京に行かねばならぬ用事ができたのだ。その後、しばらく様子を見て、決めたいと思う」

私は、生きて東京から帰って来られるかどうか、自信がなかった。それを滝にだけは、言外に匂わしたつもりであった。

「承知いたしました。店の方は任せて下すって結構です」

「そのうちに私の存在は全く不要になる」

私がいうと、滝は穏やかな笑顔を見せた。

「おそらくは……」

「そうなれば、君と有海がボスだ。頼む」

滝はブランデー・グラスを傾けた。

「私は、無能なマネージャーだとは、決して思いません。しかし……」

考えこむようにして彼はつづけた。

「頂点に立つべき人間ではありません。社長がどんな方で、どんな過去を背負っていらっしゃるにせよ、全従業員と〝プリオール〟のお客様はすべて、社長がいらっしゃるからこそ、ここに通ってくるのだと思います」

「ありがとう」

「ブランデーを……」

滝がグラスを満たした。

社長室に戻り、窓を開け、晩夏の夜気を味わっていると、電話が鳴った。

受話器を取ると、松宮の声が流れた。

「私だ。白川は何も吐かずに死んだよ。若いが筋金の入った男だった。私もあの男は信頼していたのだ」

「かつての私のように？」

私は嫌悪感をおさえていった。

「……」

松宮は答えなかった。やがて咳をひとつするといった。

「東京で君を待っている。君は必ず来るだろうからな」

私は何もいわなかった。やがて、東京で、受話器がそっとおろされた。

社長室を整頓し、店を出際、滝に会った。

「忘れていたが、私の留守中、ひょっとして牧野雪という女性が訪ねてくるかもしれない。その時は丁ねいに歓迎してあげて欲しい」

「かしこまりました。他には、何か?」

　私は考えた。

「真由美ちゃんの彼のことだが、よければ絵を二、三点買い上げて、店内に置いてやりたいのだが……」

「はい。手配いたします」

「お願いします」

　軽く頷いて、駐車場に向かおうとすると、滝がいった。

「社長——」

　振りむいた私に頭を下げた。

「どうか、御無事で」

「ありがとう」

　私は礼をいった。すべての決着をつけようという今、私は何を失ってもよいと思っていた。

　新幹線で東京に到着した私は、まっすぐ新宿の超高層ビルのホテルに向かった。

かつて、美里と共に、初めての夜を過したホテルである。脅えていた彼女を救ってやろうと決意した場所だ。

地下のアーケード・ショップで詳細な道路地図を買い、防衛庁にいる佐官級のかつての同期生で、私が松宮貿易にいたことも、そしてやめたことも知らぬ友人に電話をかけた。

友人から得た情報を元に、計画を立て、時が来るのを待って二日間をホテルで過した。

二日間の間に、私はレンタ・カーを駆って、貸衣裳屋を訪れ、自衛官の制服を借り出した。ホテルの理髪店で髪を短か目にそろえて切らせた。そして早朝のドライブも二度した。

三日目の早朝、私は制服の上にコートを着こんだ姿でホテルをひき払った。

車に乗りこみ、成城の住宅街に向かう。

午前六時、私は住宅街の一角で待ち構えた。

この日、将官級の防衛庁幹部による朝食会が行われる予定であった。その後、メンバーは、統合幕僚会議へと流れる。

一般車ナンバー・プレートを付けた、黒のプリマスがその小道に入りこんで来たとき、私はコートを脱いで車を降り、運転者に向かって腕を振った。

プリマスには運転手一人しか乗っていない。運転手は、私服を着ているが屈強な体格をした男であった。

私の調べでは、陸上自衛隊の空挺部隊に属する三尉である。

運転手は、制服姿の私を見てさほどの警戒もせず車を止めた。

窓を開けた運転手の額に、私は拳銃を押しつけた。助手席に乗りこむと、ひと気のないあたりまで走らせ、銃身でうなじを殴り、失神させた。男を縛り上げ、トランクに入れると、私は制服のまま、運転席にすわった。

目指す邸の前まで車をつけると、私は、今トランク・ルームにいる男が、この邸に到着した際に必ずしているフォンによる合図を行った。早朝ドライブで見知った合図である。

数分後、屋敷の主が、上品な老婆に送られて姿を現わした。

目深《まぶか》に制帽を被《かぶ》った、制服姿の私を見て、その男は一瞬、怪訝そうな表情をうかべた。

「松宮貿易の社長の命令で参りました。昨夜来、顧問の暗殺を図る過激派チームがおり、既に運転手は収賄の容疑で本社調査部で取調べ中であります」

私は顧問の老人にいった。今朝の老人は、麻の白いスーツを着て、手にパナマ帽を持っている。

「そうか、松宮君のところの人間かね。すると君は、営業部の人かね」

軽く頷くと老人はいった。

「いえ、警備室です。もしお疑いならば、お電話をどうぞとのことです。私は加藤と申します。作戦コード・ナンバーは八二四です」

私が、老人のかけた、言葉の罠にひっかからなかったことで、老人はいくらか安心したようであった。顧問は、営業部員の顔はすべて知っている。彼の問いを肯定すれば、私は偽者ということになるのだ。

私は彼を車に乗せると、扉を閉め、運転席にすわった。

ルームミラーで確認すると、私はいった。

「六本木の防衛庁ですね」

「うむ」

私は発車した。途中までは、警戒心を抱かせぬよう、規定のコースを走った。だが、首都高速に乗ると、私は下りのすいた路線を選んだ。

「どういうことだ？」

老人が景色の変化に気づいて訊ねたときは、既に千葉方面に向かう高速道路上にいた。

私は、左側のややふくらんだ、緊急停止用のスペースに、ハザード・ランプを点滅させて、プリマスをすべりこませた。

片側二ないし三車線の高速道路を、軽快なエンジン音をたてて、車が通りすぎている。どれも時速八十キロ以上は出している。

私から逃れようと、プリマスを万一飛び出しても、あっという間に老人は跳ね飛ばされるのだ。

私は制帽を脱ぐと、険しい顔の老人を振り返った。

「顧問、お忘れですか」

一瞬、いぶかしげに私を見返した彼の目に、わずかだが、激しい驚愕《きょうがく》を表わす色が走った。

「加賀――」

呻くようにいうと、あとは絶句した。

「そうだ。顧問、私はあなたに訊きたいことがあってここに今、いるのだ。わかっているな」

「何のことだ?」

私は、制服の上着からマイクロ・カセット・レコーダーを取り出すと、録音スイッチを入れた。老人の目にも見える位置におく。

「なぜ、新組織を作った？　松宮貿易の顧問で、国防会議や国家公安委員会のメンバーでもある、あなたが」

老人が何かをいいかけるのを制して、私はつづけた。

「トボけるのはやめてもらおう。私は、あなたが松宮貿易に送りこんでいた二級工作員の白川からすべてを聞いているのだ。そして、五年前、私が査問会にかけられたときの事件でも、あなただけは、すべての情報を知りうる立場にいたのだ。松宮は汚染源をつきとめようと必死だったが、まさか、顧問のあなたが汚染源であるとは思いつかなかったのだ」

老人はシートに体をあずけると、目を閉じた。この男だけは、全く、五年間という時の経過を感じさせる変化をきたしていなかった。退官した大学教授。

その雰囲気はそのまま、残っている。

「松宮君は、八〇七の報告に手を加えていたということかね」

低くしわがれた声で顧問の老人はいった。

「八〇七という作戦は、新組織の一級工作員、即ちあなたをあぶり出すために立てられたのだ。遂行者は、私と、私と同じく五年前に松宮貿易を追われた牧野だった」

「すると、あの男の新発明というのは……」

「そんなものはない。すべて罠だ。今回だけは、松宮は作戦内容の報告を、わざと怠ったようだな」

太い息を彼は洩らした。

大型のタンク・ローリィが轟音を上げて、かたわらを走り去った。

「そうか」

「答えてもらおう。なぜ、敵対組織を創立したのだ。五年前の、あのWプランの実施、そして、タイラー、アサドの暗殺は何のためだったのかを」

老人は目を開いて私を見つめた。

「もし、答えないといったら、私をどうするつもりだ？」

私は拳銃を彼に見せた。

「あなたの奥さんを、お子さんを、お孫さんを殺す」

老人の目に脅えが浮かんだ。

「どうしたのだ？　あなたは、松宮さえも気づいていなかった、牧野の娘の名で偽装預金を行ったではないか。その人間が、最も大切にする存在をテコに使うのは、あなたや松宮の得意の手ではないのか？」

老人は唇をひきむすんだ。怒りで、顔が蒼ざめている。

「答えなさい。あなたは殺さない。殺さずに、愛する者を失った苦しみを思う存分、味わわせてやる」

「天敵だっ」

吐き出すように、老人はいった。

「松宮貿易には、天敵が欠けていたのだ。だから、私はひそかに警察官や自衛官を使ってあの組織を作りあげたのだ。莫大な資金がかかったが、それは私にはどうでもよかった。

二つの擁立した組織を闘わせ、勝った方が、この日本の情報機関として、再び君臨すればよかったのだ。松宮は有能だが、思考が固すぎたのだ。私は、それを危んだ。松宮貿易だけが、日本の非合法情報機関として存続するのは、危険だったのだ」

老人の声は次第に高くなっていった。

「では、あなたは、松宮貿易がＣＩＡのように巨大化、腐敗せぬよう、新組織を作りあげたというのか？」

「そうだ」

ゼイゼイと喉を鳴らして、老人は答えた。

「では、もし松宮貿易が、あなたの組織によって壊滅させられたら、どうするつもりだったのだ」

「残る方が、優秀なのだ。従って、その組織が日本の非合法情報機関として、認知されたろう」

「ゲームなのだな、あなたにとって。情報戦は単なるゲームなのだ。そして、工作員は、駒と一緒だ。死ねば、取りかえる。

一体、Wプランは何のために、実行したのだ?」

「あれは、単なるお目見得だ。あちこちの私の情報網の一人が、たまたまM社の専務をしておったのだ。その男に、新設した組織の部下をつけてやった。どうやら、その男は、君が四国で殺したようだが」

あの眼鏡の男。

電子工作が専門だといっていた。あの男が、M社の中央統合コンピューターからWプランを盗み出したのだ。

「では、アサドやタイラーを殺したのも、お目見得のためか」

「あの時点では、私の作り上げた新組織にはまだまだ欠点があった。存在を、松宮君に気づかせるわけにはゆかなかったのだ。だが、アサドやタイラーだけは、それに気づき、洗い始めていた」

言葉を切り、能面のように無表情になった、老人の面を見下ろして、私はつぶやいた。

「私を罠にかけたのは、なぜだ？」

「気がつかんのか？」

驚きを表わして、老人はいった。

「何がだ」

「加賀君、君は優秀すぎたのだ。これから、組織をのばしてゆくに当たって、君のような分子はなるべく敵対グループから排除してゆかねばならない。そこで、私はわざと、情報を、Ｔ・Ｆ・Ｅや秘密警察局に、フリー・ランサーを使って流したのだ。君が汚染しているかの如《ごと》くな。牧野君は、君の汚染により信ぴょう性を高めさせるために、使ったのだ。

実際、あのとき、ずい分多くのフリー・ランサーを使ったものだ。Ｗプランのときに九人、使って、始末しなければならなかった」

思いかえすように、再び目を閉じた。そして、目を閉じたままいった。

「どうかね、加賀君？　私の組織に加わらぬかね？　今、一級工作員は私一人しかいない、もし君がやってくれるならば――」

私は銃身を激しく、老人の側頭部に叩きつけた。

死ぬかもしれない。

殺してやりたかった。

私は大きく息を吐き出すと、前のめりになって昏倒している老人の体を、シートに押しやった。

何ということか。

私にしかけられた罠は、憎悪でも復讐のためでもなかったのだ。

私に殺された者、傷つけられた者による、復讐であったならば、私は、あるいは、罠という卑劣な行為を許せたかもしれない。

しかし、この老人は単に、私が邪魔である――ただそれだけの理由で罠をかけ、私を孤立させ、上村を死に追いやったのだ。

ただそれだけの理由で。

私はプリマスを発車した。

松宮は、東京で私を待っている、といった。

私はこのまま、松宮貿易本社に向かうつもりであった。

霞が関のビルは今でも変わらず、残っていた。プリマスを、本社の真ん前に乗りつけ、車を降りると、平服を着た、警備室の男達が、一階フロアで私を待ち構えていた。五人の男達に私は包囲され、そのまま、四階へと連行された。身体検査を、私は拒否した。

「加賀、何しに来たのだ？」

警備室長は、私を覚えていた。検査を拒否した私につかみかかろうとした、若い警備室員を制して訊ねた。

「松宮に会いに来たのだ」

私は短く答えた。

エレベーターの中で男達にとり囲まれている私を、その警備室長は、奇妙な表情で見つめた。

「お前を無理やり押さえつけて、裸にしてから社長のところへ連れてゆくこともできるのだぞ」

警視庁出身で、私とほぼ同じ年であるが、背も高く、胸囲など私の一・五倍はある。

「やってみろ」

私は静かにいった。

「あんたの部下を弾《たま》の続く限り、道連れにしてやる」

室長は目をそらした。

松宮は社長室で、私を待っていた。独りで、いつものようにデスクの奥にすわり、あのクリスタルの灰皿を弄《もてあそ》んでいる。

私が連行されると、警備室の人間達を遠ざけた。

「やはり来たのだな」

私は立ったまま、彼を見おろした。

「汚染源を連れてきた」

「どこにいる？」

私は目顔で外を指した。

松宮は立ち上がり、ブラインドごしに下の通りを見下ろした。

松宮貿易本社の正面に駐車された、顧問のプリマスが見えた筈である。ゆっくりと振り向くと、私を見つめた。

「証拠はあるのか？」

私は、マイクロ・カセット・テープを放った。それは乾いた音をたてて、松宮のデスクのへりに落ちた。

「そうか、吐かせたのか」

再び腰をおろすと松宮はいった。

「天敵を作ったのだ。あんたの組織に対抗する、天敵を」

私はいった。

松宮が口元をひきしめた。たるんだ眼下の皮膚がピクリと動いた。

茶のスーツ。それしか持たぬように、自身をも、その色に染めるように、着つづけている。

「すべては終わった。二度と、私には構うな」

私はいった。松宮はゆっくりと面を上げた。おかしげな色がその面にはうかんでいる。

「加賀、お前の汚染は晴れたのだ、戻ってきたら――」

私の右手を見つめた。自分に向けられた、拳銃の銃口を見つめた。

「撃てるか、私が」

「あんたは、私と牧野を利用した。あの老人もそうだった。あんた達は同じなのだ。自分に必要な結果を得るためならば、どんな犠牲もいとわない」

「君もかつては、同じ人間だったのだぞ、加賀」

「これからはちがう。私のことは忘れろ、二度と近づくな」

「それは、どうかな。そうして欲しければ、私を殺すより他に道はないぞ。お前に、私を殺せるか？　忘れたのか、『自己、或いは第三者に対する危険行為の防止をのぞけば――』」

私は拳銃を発射した。

松宮の前に置かれたクリスタルの灰皿が粉々に砕け散った。破片が、松宮の頬を切り裂き、血を流した。

松宮は唇をかみしめた。

「今のは、私の分だ。次に撃つときは、牧野の分だぞ」

私はいい捨てて、向きを変えた。足音が社長室の前に殺到していた。扉を開くと、ハイスタンダードを左手に持った原を先頭に、男達がそこにいた。

「遠くに行くことだ」

松宮の声が私の背に浴びせられた。

「私の目もとどかぬ、そして忘れることができるほど、遠くに行くことだ」

私が松宮貿易の本社を出るとき、誰も追ってはこなかった。

すべては五年前と一緒である。殺気を含んだ、男達の冷ややかな視線が私に注がれる。

ちがうのは、五年前、私の傍らには美里がいたということだ。私を頼り、信じ、愛した女。

今は誰もいない。失うものはあっても、失うことを恐れるものはない。

松宮貿易本社ビルを出ると、プリマスに歩み寄った。後部席の扉を開くと、顧問の老人が、自分の嘔吐物に顔をつっこんで、喘いでいた。

虚ろな目を私に向け、焦点を合わそうと試みている。私は着ていた自衛官の制服を脱ぐと、彼に投げつけた。

松宮貿易の男達が、本社玄関から、私を見つめている。

次いで、運転席からホテルを出る際に持って出たスーツ・ケースを取り上げた。

現金と身分証や他のものが入っている。

老人の目をのぞきこみ、私はホルスターをベルトから外した。拳銃を麻のスーツのスラックスの膝に放った。

彼が私の拳銃を誰に対して使おうと、私の知ったことではない。

晩夏の陽射しが、首すじを熱く射ている。

太陽がちょうど、真上にあった。

老人の震える手が、銃把にかかるのを見届けると、私はスーツ・ケースを手に踵を返した。

通りかかったタクシーに手をあげた。

冷房のきいた車内に入ると、大きな息が出た。

「空港へ」

私がいうと、タクシーはすぐに発車した。

疲れが、すべてのものに対する疲れが全身に澱《よど》んでいるのを感じていた。

「空港、どっちですか？　羽田？　成田？」

運転手が訊ねた。

スーツ・ケースにパスポートが入っている。後は金があればいい。査証の問題も金が解決する。

「成田だ」

私は答え、背後を振り返った。

男達がプリマスに向かって駆け出すのが見えた。銃声は聞こえなかったが、一発、おそらく一発しか、老人は使わなかったろう。

車は霞が関を遠ざかった。私は、もうここには二度と来ない。

そして、失うことを恐れるものを、二度と持たない。

わかっているのは、それだけであった。

徳間文庫

ダブル・トラップ

〈新装版〉

2011年5月15日 初刷

著者 大《おお》沢《さわ》在《あり》昌《まさ》

発行者 岩渕徹

東京都港区芝大門二―二―二〒105―8055

発行所 株式会社徳間書店

電話 編集〇三(五四〇三)四三五〇
販売〇四八(四五一)五九六〇

振替 〇〇一四〇―〇―四四三九二

印刷 凸版印刷株式会社

製本 ナショナル製本協同組合

ISBN978-4-19-893355-5 (乱丁、落丁本はお取りかえいたします)

この作品は１９８４年5月徳間書店より刊行された文庫の新装版です。なお、本作品はフィクションであり実在の個人・団体などとは一切関係がありません。

大沢在昌　著作リスト

（2011年４月現在、絶版含む　※アンソロジーは除く）

１．標的走路	双葉ノベルス	1980・12
	双葉文庫	1986・8
	文春ネスコ	2002・12
（標的走路／レスリーへの伝言）	ジュリアン	2008・2
２．ダブル・トラップ	ＳＵＮノベルス（太陽企画出版）	1981・3
	徳間文庫	1984・5
	集英社文庫	1991・11
	徳間文庫（新装版）	2011・5
３．ジャングルの儀式	双葉ノベルス	1982・1
	角川文庫	1986・12
４．感傷の街角	双葉ノベルス	1982・2
	双葉文庫	1987・11
	ケイブンシャ文庫	1991・6
	角川文庫	1994・9
５．死角形の遺産	トクマ・ノベルズ	1982・7
	徳間文庫	1986・12
	集英社文庫	1992・6
	徳間文庫（新装版）	2007・7
６．標的はひとり	カドカワノベルズ	1983・1
	角川文庫	1987・11
	カドカワノベルズ（新装版）	1995・3
７．野獣駆けろ	講談社ノベルス	1983・9
	講談社文庫	1986・8
	廣済堂文庫	1996・12

	講談社ノベルス （改訂新版）	1999・3
	集英社文庫	2007・11
8．夏からの長い旅	角川書店	1985・4
	角川文庫	1991・12
	ケイブンシャ文庫	1997・2
9．深夜曲馬団《ミッドナイト・サーカス》	光風社出版	1985・7
	徳間文庫	1990・4
	角川文庫	1993・6
	ケイブンシャ文庫	1998・2
10．東京騎士団《ナイト・クラブ》	徳間書店	1985・8
	徳間文庫	1989・5
	光文社文庫	1997・5
11．漂泊の街角	双葉ノベルス	1985・12
	双葉文庫	1988・5
	ケイブンシャ文庫	1992・6
	角川文庫	1995・10
12．追跡者の血統	双葉社	1986・3
	双葉文庫	1988・12
	ケイブンシャ文庫	1992・10
	角川文庫	1996・10
13．アルバイト探偵《アイ》	廣済堂ブルーブックス	1986・8
	桃園文庫	1988・11
	廣済堂文庫	1991・8
	講談社文庫	1995・7
14．悪人海岸探偵局	集英社	1986・11
	集英社文庫	1990・7
	双葉文庫	2007・12
15．アルバイト探偵《アイ》Ⅱ	廣済堂ブルーブックス	1987・8
避暑地の夏、殺し屋の夏	廣済堂文庫	1989・11

(改題『調毒師を探せ　アルバイト探偵』)		
	講談社文庫	1996・1
16. シャドウゲーム	トクマ・ノベルズ	1987・8
	徳間文庫	1991・10
	ケイブンシャ文庫	1995・9
	角川文庫	1998・7
17. 危険を嫌う男	ジョイ・ノベルス	1987・10
	(実業之日本社)	
(改題『無病息災エージェント』)	集英社文庫	1990・8
18. 女王陛下の	廣済堂ブルーブックス	1988・4
アルバイト探偵《アイ》	廣済堂文庫	1992・1
	講談社文庫	1996・7
19. 眠りの家	勁文社	1989・2
	ケイブンシャ文庫	1990・12
	角川文庫	1993・10
20. 暗黒旅人	中央公論社	1989・2
	中公文庫	1991・10
	C★NOVELS	1996・1
	(中央公論新社)	
	角川文庫	1997・4
21. 氷の森	講談社	1989・4
	講談社ノベルス	1991・11
	講談社文庫	1992・11
	講談社文庫(新装版)	2006・8
22. 六本木を一ダース	河出書房新社	1989・9
(改題『六本木を1ダース』)	角川文庫	1995・7
23. 不思議の国の	廣済堂ブルーブックス	1989・12
アルバイト探偵《アイ》	廣済堂文庫	1992・8
	講談社文庫	1997・1
24. 銀座探偵局	ケイブンシャノベルス	1990・1

	ケイブンシャ文庫	1993・4
	光文社文庫	1997・6
25. 絶対安全エージェント	ジョイ・ノベルス	1990・5
	集英社文庫	1994・1
26. 相続人TOMOKO	天山出版	1990・5
	Tenzan Novels（天山出版）	1998・6
	講談社文庫	1993・12
27. 六本木聖者伝説 魔都委員会篇	双葉社	1990・6
	双葉ノベルス	1992・7
	双葉文庫	1993・8
28. 死ぬより簡単	講談社	1990・7
	講談社ノベルス	1992・8
	講談社文庫	1993・7
29. 新宿鮫	カッパ・ノベルス（光文社）	1990・9
	光文社文庫	1997・8
	双葉文庫（日本推理作家協会賞受賞作全集 64）	2005・6
30. アルバイト探偵《アイ》 拷問遊園地	廣済堂ブルーブックス	1991・1
	廣済堂文庫	1994・8
	講談社文庫	1997・7
31. 毒猿 新宿鮫Ⅱ	カッパ・ノベルス	1991・8
	光文社文庫	1998・8
32. 一年分、冷えている	ＰＨＰ研究所	1991・9
	角川文庫	1994・7
33. 烙印の森	実業之日本社	1992・4
	ジョイ・ノベルス	1995・1
	角川文庫	1996・8
34. 六本木聖者伝説 不死王篇	双葉社	1992・7

	双葉ノベルス	1994・10
	双葉文庫	1996・11
35. ウォームハート コールドボディ	スコラ	1992・12
	講談社文庫	1994・7
	角川文庫	2010・4
36. 黄龍の耳	ジャンプVブック（集英社）	1993・3
	集英社文庫（『黄龍の耳 2』と合本）	1997・11
37. 屍蘭　新宿鮫Ⅲ	カッパ・ノベルス	1993・3
	光文社文庫	1999・8
38. B・D・T　掟の街	双葉社	1993・7
	双葉ノベルス	1995・9
	双葉文庫	1996・11
	角川文庫	2001・9
39. 無間人形　新宿鮫Ⅳ	読売新聞社	1993・10
	カッパ・ノベルス	1994・7
	光文社文庫	2000・5
40. 走らなあかん、夜明けまで	講談社	1993・12
	講談社ノベルス	1996・2
	講談社文庫	1997・3
41. 流れ星の冬	双葉社	1994・9
	双葉ノベルス	1996・11
	双葉文庫	1998・9
42. 悪夢狩り	ジョイ・ノベルス（有楽出版社）	1994・9
	角川文庫	1997・11
	徳間文庫	2004・3
43. 陽のあたるオヤジ 鮫のひとり言	集英社	1994・11
	集英社文庫	1997・8

44. 黄龍の耳　2	ジャンプVブック	1994・12
	集英社文庫	1997・11
	（『黄龍の耳』と合本）	
45. 天使の牙	小学館	1995・7
	カッパ・ノベルス《上・下》	1997・6
	角川文庫《上・下》	1998・11
46. 炎蛹　新宿鮫V	カッパ・ノベルス	1995・10
	光文社文庫	2001・6
47. 雪蛍	講談社	1996・3
	講談社ノベルス	1998・3
	講談社文庫	1999・3
48. 眠たい奴ら	毎日新聞社	1996・11
	ジョイ・ノベルス	1998・11
	角川文庫	2000・10
49. エンパラ（対談集）	光文社	1996・11
	光文社文庫	1998・6
	光文社文庫（新装版）	2007・11
50. 北の狩人	幻冬舎	1996・11
	幻冬舎ノベルス《上・下》	1998・5
	幻冬舎文庫《上・下》	1999・8
51. 涙はふくな、凍るまで	朝日新聞社	1997・5
	講談社ノベルス	1999・6
	朝日文庫	2000・10
	講談社文庫	2001・10
52. 冬の保安官	角川書店	1997・6
	角川文庫	1999・11
53. 氷舞　新宿鮫Ⅵ	カッパ・ノベルス	1997・10
	光文社文庫	2002・6
54. かくカク遊ぶ、書く遊ぶ	小学館文庫	1998・1
	角川文庫	2003・7

55. らんぼう	新潮社	1998・9
	カッパ・ノベルス	2000・9
	新潮文庫	2002・2
	角川文庫	2004・9
56. 撃つ薔薇　AD2023涼子	光文社	1999・6
	カッパ・ノベルス	2000・1
	光文社文庫	2001・10
57. 夢の島	双葉社	1999・9
	双葉ノベルス	2001・8
	双葉文庫	2002・11
	講談社文庫	2007・8
58. 風化水脈　新宿鮫Ⅷ	毎日新聞社	2000・8
	カッパ・ノベルス	2002・3
	光文社文庫	2006・3
59. 心では重すぎる	文藝春秋	2000・11
	カッパ・ノベルス	2003・1
	文春文庫《上・下》	2004・1
60. 灰夜　新宿鮫Ⅶ	カッパ・ノベルス	2001・2
	光文社文庫	2004・6
61. 闇先案内人	文藝春秋	2001・9
	カッパ・ノベルス	2004・1
	文春文庫《上・下》	2005・5
62. 未来形Ｊ	角川文庫	2001・12
63. ザ・ジョーカー	講談社	2002・4
	講談社ノベルス	2004・8
	講談社文庫	2005・9
64. 砂の狩人《上・下》	幻冬舎	2002・9
	幻冬舎ノベルス	2004・1
	幻冬舎文庫	2005・8
65. 秋に墓標を	角川書店	2003・4

	カドカワ・エンタテイメント	2004・11
	角川文庫《上・下》	2006・6
66. 天使の爪《上・下》	小学館	2003・8
	カッパ・ノベルス	2005・6
	角川文庫	2007・7
67. 帰ってきたアルバイト探偵《アイ》	講談社	2004・2
	講談社ノベルス	2005・10
	講談社文庫	2006・10
68. パンドラ・アイランド	徳間書店	2004・6
	トクマ・ノベルズ《上・下》	2006・5
	徳間文庫《上・下》	2007・10
69. ニッポン泥棒	文藝春秋	2005・1
	カッパ・ノベルス	2007・2
	文春文庫《上・下》	2008・3
70. 亡命者　ザ・ジョーカー	講談社	2005・11
	講談社ノベルス	2007・9
	講談社文庫	2008・10
71. 魔女の笑窪	文藝春秋	2006・1
	カッパ・ノベルス	2008・4
	文春文庫	2009・5
72. 狼花　新宿鮫Ⅸ	光文社	2006・9
	カッパ・ノベルス	2008・10
	光文社文庫	2010・1
73. Kの日々	双葉社	2006・10
	双葉ノベルス	2009・2
	双葉文庫	2010・6
74. 影絵の騎士　B・D・T2	集英社	2007・6
	トクマ・ノベルズ	2009・6
	集英社文庫	2010・8
75. 魔物《上・下》	角川書店	2007・11

		カドカワ・エンタテイメント	2009・11
		角川文庫	2010・11
76.	魔女の盟約	文藝春秋	2008・1
		カッパ・ノベルス	2010・1
		文春文庫	2011・1
77.	黒の狩人《上・下》	幻冬舎	2008・9
		幻冬舎ノベルス	2010・9
78.	鏡の顔	ランダムハウス講談社	2009・2
		トクマ・ノベルズ	2011・4
79.	罪深き海辺	毎日新聞社	2009・7
80.	欧亜純白《ユーラシアホワイト》《Ⅰ・Ⅱ》	集英社	2009・12
81.	ブラックチェンバー	角川書店	2010・3
82.	やぶへび	講談社	2010・12
83.	カルテット 1　渋谷デッドエンド	角川書店	2010・12
84.	カルテット 2　イケニエのマチ	角川書店	2010・12
85.	カルテット 3　指揮官	角川書店	2011・1
86.	カルテット 4　解放者《リベレイター》	角川書店	2011・2